THE SONG OF LAO-MEI

VOLUME 2.
MYSTERIES OF THE HAUNTED HOUSE

卷二

凶宅探祕

老梅謠

芙蘿／著

目次
Contents

前情提要　005

第一章　雷斯特　007
第二章　舉杯　015
第三章　備戰　023
第四章　送行　033
第五章　再探　041
第六章　白骨　049
第七章　黑夜來臨　057
第八章　無盡的夜　065
第九章　水池　073
第十章　木蘭詩　081
第十一章　老鐵門　089
第十二章　血跡　097
第十三章　更多彈孔　103
第十四章　裙房　111
第十五章　將進酒　119
第十六章　不速之客　127
第十七章　後廂房　133

第十八章　屍堆 141
第十九章　鬼遮眼 147
第二十章　摘符 155
第二十一章　符咒 163
第二十二章　逃 169
第二十三章　內鬼 177
第二十四章　賽跑 185
第二十五章　紙人 193
第二十六章　時空區間 201
第二十七章　借屍 209
第二十八章　柳成蔭 217
第二十九章　術師對決 223
第三十章　歸零 231

前情提要

老梅老梅幾株芽？無枝無葉九朵花。月娘一躲不出門，寧可在家關緊窗。
綠葉綠葉幾時綠？冬末春初翠如玉。大雨一來別戲水，潮起槽深難保命。
水車水車幾回停？竹筒無泉難為引。明火一亮石成金，夜半哭聲無人影。
金山金山幾兩金？只有陳家數得清。除夕一到勿近府，無臉殺絕不留情。

潔弟，命格奇異坎坷，能自由穿梭陰陽兩界的通靈導遊，與酷愛獵奇、凶殺懸案，擅長以高科技製造幻象的天才魔術師——**吳常**，聯手找出季青島老梅一帶，流傳多年的《老梅謠》和《無臉鬼》傳說背後暗藏的冤情與線索。

調查過程中，兩人發現警界知情人士皆諱莫如深，就連好友痞子刑警隊長——楊志剛也避而不談。

兩人好不容易揭開逾一甲子前，白色恐怖時期的陳府滅門斷頭案時，又發現內幕重重：辦案的警官被以叛國罪為由，與逃過滅門的倖存者陳若梅於同一夜遭槍斃；一夜之間，所有人都消失的老梅村，從此霧鎖封村、生人勿近。

為了揭開重重謎團、為無辜死者伸張正義，兩人決定再次潛入詭霧瀰漫、怨靈吃人的老梅村。

第一章
雷斯特

聽完楊志剛說的霧鎖老梅異象，吳常心裡琢磨道：為什麼這股白霧以前都沒出現，卻在那個時間點突然發生？

他直覺這場巨變與楊玄白有著莫大的關聯。

「也許，」吳常開口道，「是因為楊玄白開始著手調查，讓某些人士心中警鈴大作，擔心他會查出什麼，所以決定將整個老梅村以某種古怪的方式快速封鎖起來；不讓人進，也不讓人出。」

「也許吧。」志剛抹了抹臉，又說，「這整件事從頭到尾都那麼詭異，還有什麼原因是不可能的？」

「吳常，我們進村到底要準備什麼啊？」潔弟問道。

「我來就好。」他回得很簡略。若是不認識的人，肯定會覺得他跩個二五八萬的。

「那我們要什麼時候出發？」潔弟又問。

「七天後。」

潔弟轉向志剛：「那你到時候要載我們過去嗎？」

志剛又露出一臉痞樣，說：「是不會自己去喔？我才不要送你們去死咧！」

「喂！」潔弟有點不悅地指著他的鼻子，「你不要烏鴉嘴喔！」

在他們吵來吵去的同時，吳常突然對著空氣說：「LEOSTE，把模型投影出來。」

「啊？」潔弟跟志剛同時發出疑惑的聲音。

不到半秒，一個陌生、低沉具磁性的嗓音突然自客廳的環繞音響中發出：

「Hi, Lumière!」他回應吳常，「你想投影什麼呢？上次投影的是老梅村的3D模型，這次也是嗎？」

「對。」吳常背靠沙發椅背，好整以暇地坐著。

「好，請稍等。」

「誰啊？這不是廖管家的聲音啊。」潔弟心想道：他的聲音哪有這麼性感！

志剛怪叫一聲，激動問道：「該不會是像電影《鋼鐵人》裡，男主角的虛擬語音管家吧！後來有了真實的身體，還給自己取名叫『幻視』那個？」

「幻視？」吳常一臉茫然。

潔弟倒抽了一口氣，興奮地叫嚷著：「就是『Vision』！那個管家原本叫『Jarvis』！」

吳常恍然大悟，輕輕點了下頭，又說：「虛擬……」他偏著頭，斟酌著字眼，「我認為AI，也就是人工智慧來形容LEOSTE會更恰當。」

同時，客廳天花板和牆面共三個小裝置各自亮起了一圈藍色冷光。潔弟原本以為那些是某種煙霧偵測器，沒想到居然會是微型投影機。

三台投影機投射出的光束交織出一個全息立體的棋盤狀村落模型，3D的老梅村就這麼躍然茶几之上。

這是潔弟跟志剛兩人第一次看到這麼精細的3D投影，當即看得眼神發直，驚嘆連連。

志剛身體前傾，臉幾乎都要貼到那投影上，望著那些交錯縱橫的田埂和迷你廢墟，突然爆出一聲：「哇靠！」像個大男孩一樣，馬上坐到吳常旁邊吵著，「這太酷了吧！」接著他問吳常，「你剛才叫它什麼？雷……雷雷什麼啊？」

「LEOSTE。你們就叫他雷斯特吧。」吳常說。

「噢，我也有中文名了嗎？真是太棒了！」雷斯特成熟富魅力的聲線，此時聽起來口氣卻是孩子般的雀躍，有種反差萌感。

「LEOSTE？好陌生的名字，這是英文名還是法文名啊？」潔弟問道，「是不是也跟Jarvis一樣，其實是一串字的字首湊成的名字？」

「沒錯！小姐妳是第一位猜對的人。我的名字正是來自一句法語。」雷斯特回應她。

難得被誇讚，潔弟喜上眉梢地說：「那是什麼話？俚語嗎？」

「對吼，」志剛跟著起鬨道，「雷雷，你快講！考考她法文！」

「雷雷是在叫我嗎？」雷斯特的聲音聽起來很困惑。

「就當作是你的暱稱吧。」吳常這麼一說，就表示同意了。

「那好吧。」雷斯特用一種無奈的腔調說起法文，「Lumière Et Ombre Sont Toujours Ensemble.」

「啊？蝦毀啊？」志剛聽了霧煞煞。

潔弟一聽，當即心中一沉，因為她聽出了弦外之意。

吳常以為她一時反應不過來，想幫她解圍，便解釋給志剛聽：「光與影永遠同在。」

潔弟心想，其實不單只是這個意思。按照法文的句意、結構，如果單純是指「光」和「影」，就會在兩者前面再加上定冠詞。而吳常的外文名字就叫 Lumière，正是「光」的意思；那 Ombre，也就是「影」，又是指什麼？女人的直覺告訴她，那也是個人名。但那又會是誰？

但願是我想太多了，也許只是兄弟吧？她安慰自己。

他們兩個大男人完全沒留意到她的心事，只是一個勁地討論起這些科技產物。

「對了，你說這個全息影像模型參數是用空拍機拍回來的影片解構倒推出來的。」志剛頓了頓，又說，「可是我也記得你說過，在白霧裡，電磁設備都會受到干擾。那你怎麼有辦法控制空拍機？」

「一般情況下確實是做不到的。我只能先在當時由防彈披風籠罩的小空間中，先將它設定好一組指令再啟動。」

「指令？什麼指令？」

「這款空拍機搭載 ultrasonic sensor，也就是超音波感測器。除了做測距、高度測量以外，也是避障系統的一部份。」吳常喝了口茶，才繼續說，「我先設定它自起飛點上升到超過霧牆的特定高度，以特定半徑空拍一圈後再回到起飛點降落。接著，等空拍機回來之後，我再設定它沿著大路往村口方向，以五米高的水平高度、等速緩慢飛行。」

「喔！」潔弟說，「原來我那個時候看到的空拍機就是你的啊！」

「可是這樣說不通啊，」志剛搶著問吳常，「你當時在霧裡根本不知道自己距離村口多遠，怎麼知道空拍機要飛多久才能飛出濃霧？又怎麼知道空拍機要在哪裡降落？」

「我不知道。」吳常淡淡地說。

「啊？」潔弟跟志剛又同時發聲。

「我沒有預先設定飛行時間和降落座標。空拍機有機會偵測到障礙物，就代表周圍沒有霧或霧很稀薄。所以我預先下的指令是：如果偵測到前方有障礙物，就減速降落。那天它飛出濃霧後，一路飛出村口，最後偵測到濱海公路對面的山壁，在山壁前降落。」

吳常解釋完，隨即話鋒一轉，提到陳府大院：「當天空拍機並沒有拍到大戶宅院。我猜陳府的位置不是在濃霧裡，就是在空拍機飛行範圍外，也就是村子底部、靠近懸崖的地方。我之後會再跑一趟，遙控空拍機進村去拍。現在我們來看楊正留下的四合院格局圖。這兩個版本分別是案發當時和以前的格局。撇開裙房和後罩房的零星修繕和隔間更動以外，兩者最大的差異就在於二院額外興建的園林水池。」

「那又怎麼樣？」潔弟不解地說，「為什麼會突然提到這個水池？」

志剛頗能通其意，他搓了搓下巴的鬍渣說：「你擔心的，是後來那個陳小環改建的孤兒院，有可能把這水池給打掉了？」

「沒錯。」吳常說。

「打掉了又怎麼樣？」潔弟還是很納悶。

「真是蠢得有特色啊。」志剛訕笑道，「妳乾脆跟我們家小智湊一對好了。智商一般低。」

吳常回答潔弟：「楊正最初的猜想不無道理。也許二院的水池確實有些蹊蹺，但當年沒人去注意。」

「為什麼？」她再問。

經吳常解釋，她才被點醒。

當時人普遍迷信，尤以權貴仕紳，特別重視陽宅和陰宅風水。陳府是一方望族，自然也會講究宅院風水，也具備財力建置院落。而楊正曾說，西南方是五鬼之地。那照理說，陳家人不可能會平白將藏風納財的水池建在那個方位。所以，吳常才會認為那水池有可疑之處。

她在理解孤兒院格局重要性的同時，心裡也有些震懾。

當年楊正、孫無忌等人只有七天的時間得以釐清案情。之後張芷為了得知楊正的死因而展開調查，並增補後續紀錄。而楊玄白，雖足足花了十四年的時間，仍無法貫穿至整起事件的底部；難以得知後續陳府與老梅村的變化詳情。

「時間也不早了，我該下樓準備表演了。」吳常直截了當地解散今天的討論。

就在志剛離開，而潔弟剛回到客房，準備將房門關上的時候，突然聽到客廳裡的吳常又開口說起話來。她擱在門把上的手頓時止住了力。

「LEOSTE，」吳常呼喚著管家，語調輕鬆，「先幫我打給 Ombre，跟她說，我表演完後會打給她，叫她等我電話。」

「好的。Ombre 一定會很開心接到你的電話的。」雷斯特回答。

「唉，但願吧。女人都很難懂。」

吳常邊說邊打開了套房房門，往外頭走廊走去，只留下潔弟一人愣在原地，震驚不已。

第二章
舉杯

潔弟當下覺得自己難過到快要死掉一樣。眼前的景象像是起霧般，成了朦朧一片。淚水在她眼眶裡打轉，眨一眨眼，很快就潰堤而下。

「你這個負心漢！」她握拳，大聲吼道，「從來沒聽你講過有另一半！」

她氣得跺腳，對無辜的房門又打又踹，不小心踢到腳趾頭，馬上痛得眼淚直噴出來，「痛痛痛！」

接著，餘怒未消地哭著狂捶枕頭，不甘心地破口大罵：「你以為你是什麼大明星啊！有偶像包袱啊！幹嘛不在臉上寫清楚！害人家白白喜歡你！去死啦！」

雙手打得通紅，她把臉埋進枕頭裡，啜泣逐漸轉為大哭。直到聲音沙啞，哭得太陽穴隱隱抽痛，才稍微冷靜了些。

她抬起頭，抽抽噎噎地抹著淚，想起過往發生的點點滴滴，想起他總是冷若冰霜的態度，才明白他從來沒給過自己機會，一直以來都是她自作多情，妄想自己有機會能得到他的回應。

隨即意識到，自己根本從來沒有機會、沒有立場說他「負心」兩字，不禁悲從中來，忍不住再次放聲大哭。

不知過了多久，哭累的她止住了嘶啞的哭聲，才發覺淚已乾涸。眼睛哭得又熱又腫，視線變成狹窄的一道縫隙，都快睜不開眼了。她只好爬起身，想走去客廳拿冰塊敷眼。

「Hi，小姐，」雷斯特突然出聲，害潔弟嚇了一跳，「妳的眼睛怎麼了？是過敏嗎？還是被蜂螫了？」

「你看得到我？」潔弟好奇道。聲音粗啞地像砂紙打磨著木頭，連自己聽到都覺得陌生。

「當然，只要有監視器的地方，我就看得到。」

「監視器？」她四處張望了一會，卻什麼都沒看到，「在哪裡？套房裡面裝這個幹嘛？」

「位置我不能透露。原因我不知道，要問Lumière了。」

情緒低落的關係，她講話口吻也額外刻薄：「你倒很會推託嘛。」

過了兩秒，雷斯特才又開口：「這是稱讚還是諷刺呢？」

「當我沒說。」她擺擺手，轉身從冰箱拿出冰塊，再從浴室拿乾淨的毛巾出來，將它裹著冰塊敷眼睛。

「妳在做什麼啊？」雷斯特又問。

「冰敷啊。」她沒好氣地說。

「這樣有用嗎？雙眼腫脹的原因是什麼？」

「哭出來的啦。哎呀你問題很多耶。」她不耐煩地回應。

「為什麼哭？」

「傷心當然哭啦！」

「為什麼傷心？」雷斯特像是個孜孜不倦的白目學生，一直拋出問題，也不管被問的人此刻是什麼心情。

「就……唉！」她感慨萬千地說，「跟你說，你也不懂。」

「妳怎麼判斷的呢？」

「這還用說嗎！你又沒有談過戀愛！」

「那妳談過嗎？」

雷斯特的問題像是一枝冰冷的箭簇，狠利地刺進潔弟的心臟，她頓時痛心又錯愕地語塞。

「我……沒有……」她當即又哽咽了起來，「嗚嗚嗚……都是我一廂情願……」隨之又嚎啕大哭，「哇啊啊啊！」

「喔，我偵測到妳的情緒起伏變大了。」雷斯特的語調依然平穩，「也許喝點水能舒緩妳的喉嚨？」

「誰要喝水！我要喝酒！把這裡最貴的酒都喝光！」她未飲先醉般激動地厲聲叫道，「雷斯特，最貴的酒是哪幾瓶？」

「喔，妳擋到鏡頭視線了，請妳站到酒櫃旁邊。」

她依言讓開，在雷斯特的請求下，幫它把其中幾瓶酒瓶的標籤轉向特定方位。

雷斯特在讀取、解析畫面時，她暗自心道：哼哼，這樣不就暴露鏡頭的位置了嘛。雷雷真是太天真了！

她把單價超過一千美金以上的紅酒通通取下，搬到客廳。拔開軟木塞，直接以口對瓶，一瓶接著一瓶猛灌。

一開始，她感到全身緊繃的肌肉很快就放鬆下來，腦袋霎時一片空白，所有悲傷的情緒都一掃而空，沉醉在渾身飄飄然、暖洋洋的感覺之中，當下真是舒暢至極。

她胡思亂想道：喝酒就是暢快！李白說「舉杯消愁愁更愁」，他大概是喝到假酒了吧。

但是，片刻之後，她不僅開始出汗，喉嚨還像是被人掐住一般，屢屢喘不過氣。出於本能，她開始大口大口地深呼吸。

「小姐，我無意打擾妳的酒興，但建議妳不要再喝了。妳的臉已經由白轉紅，又由紅轉白，現在嘴唇已經發紫，我認為這是飲酒過量，開始出現急性酒精中毒的症狀。」

就算潔弟想繼續喝也辦不到。現在覺得又脹又暈，心跳又快又大聲，耳膜跟手都像是在跟著心臟的頻率震動一樣，連酒杯都拿不穩，紅酒灑得到處都是。

她每一次深呼吸，都覺得有東西想從胃袋裡竄上來。幾次都使勁吞嚥，想將這東西強壓下去。但是一個喘不過氣，她的咽喉就失守了。等到這股暖意來到她嘴裡時，她才發覺這是剛灌下去的酒！

她急忙摀住嘴，搖搖晃晃地往廁所衝去。

幸好廁所的電燈跟這套房的其他空間一樣，都是紅外線感應的，人一進去就會自動亮起，不需費事去按開關。她一見到馬桶，高漲的噁心感油然而生，當即不可遏止地大吐特吐起來。

沒多久，感到肚子消脹了不少，她看著面前馬桶裡滿滿的紅酒發愣。

「妳還好嗎？」雷斯特問道。

潔弟輕輕點了點頭，不敢動作太大，怕那股陰魂不散的噁心感會害她再次嘔吐。她到洗臉盆那洗手、漱口，拍了拍胸膛，捧著冷水潑臉，直到作嘔的感覺消失，才拿毛巾擦臉。當她抬頭看著鏡子的那一刻，立即感到一陣錯愕又難堪。

她幾乎認不出鏡中的自己。她滿臉通紅，嘴唇發紫，鼻子與雙眼都又紅又腫，簡直難看至極。

「雷斯特，我是不是很醜？」她小聲地喃喃問道。心裡頗為憂傷。

「喔，雖然我有眼睛，但是沒有美感。」雷斯特又補了一句，「不過以人類主流審美來看，妳現在的確是很醜沒錯。」

她惱羞成怒地喊道：「你閉嘴啦！講話跟吳常一樣討厭！」

一想到那座冰山，她隨即又是滿腔怒火地罵道：「你個渣男！有對象還邀請別的女生跟你共處一室！死白目！」接著語無倫次地說，「對！我一定要跟你女朋友講！你完蛋了！對！」

潔弟越走越感到整間套房像艘怒海上的漁船般搖擺不定，她跌跌撞撞地穿過客廳來到門口，手伸向門把，卻一直碰不到它；亂揮了幾次才總算抓到門把。

她開門走到外頭走廊，發現這裡晃得更厲害，舉步維艱，幾度搖搖欲墜。耳鳴變得越來越嚴重，視線也越來越模糊，越來越提不起勁、邁不開腿。

好不容易快要走到電梯廳，便一陣天旋地轉，立即眼前一黑，失去了意識……

＊＊＊

模糊的聲音斷斷續續地傳來，聽起來像是有人在講話。

「什麼意思？」那人又說。

逐漸清晰的是熟悉悅耳的男性聲音。但潔弟一下子想不起來是誰。聲音似乎有點距離，不知道是從哪傳來的。

「不確定。根據統計、分析，有60％的可能是因為失戀。」另一個低沉的嗓音傳入她耳裡。她好像也聽過這個聲音。

他們是誰啊？她納悶地想。

她撐開了眼皮，隨即感受到刺眼的陽光。瞇起眼睛，下意識用手遮住光線。

幾秒後，眼睛適應了亮度，她才開始環顧四周。

是吳常套房裡的客房。也就是她這幾天借宿的房間。

她坐起身，仍舊感到頭又昏又沉。此時，外面又再次傳來一串對話。

「你再把她上次說的話都播一遍，每段間隔五秒。」

她總算聽出聲音的主人是誰了。是吳常！

「好的。」雷斯特答覆。

接著，聲音轉成女人的尖聲叫嚷：「你這個負心漢！」

她心裡納悶道：咦？這是什麼八點檔的劇情嗎？可是這句話怎麼聽起來這麼耳熟？嗯……這聲音、口氣聽起來都滿耳熟的耶。是我追過的劇嗎？

「從來沒聽你講過有另一半！」那女人繼續叫道，聲音非常清晰。

她馬上會意過來，當場驚愕地眼睛張著老大，下巴垂垮像是脫臼一般，心想：這該不會是我的聲音吧！

思緒轉得飛快，她在一瞬間想起昨晚發生的所有經過，包括失控大哭、灌酒、嘔吐和在走廊上醉倒那段。

想來是雷斯特錄下了自己昨晚說的話，現在正在重播給吳常聽。

可惡！雷雷心機好重啊！偷聽我講話就算了，還給我錄下來！她心裡邊罵邊捶枕頭。

隨即疑惑地猜想：可是，我又是怎麼回到這房間的？

尚未得到一個結論，客廳便先傳來一陣乒乒砰砰的聲音，接著潔弟聽到自己昨晚踢到腳趾頭的驚呼聲：「痛痛痛！」

她雙手摀住臉，搖頭心想：天啊，真丟臉！

接著，客廳的喇叭再次響起她語帶哽咽，頻頻破音道：「你以為你是什麼大明星啊！有偶像包袱啊！」

她倒抽一口氣，心裡吶喊：死定了啦！

馬上跳下床、衝出房門，想阻止雷斯特繼續播下去。

「幹嘛不在臉上寫清楚！」客廳的環繞音響忠實地重現原音。

第三章
備戰

「不——」潔弟才開口講第一個字，步履蹣跚的腳就被地毯絆倒，飛撲出去，狠狠地摔了個狗吃屎。

「害人家白白喜歡你！去死啦！」音響順利地播完這段，音效好到令她無地自容。

她趴在地上，心裡啜泣道：嗚嗚嗚……丟臉死了啦！

「Pause!」吳常命令雷斯特暫停播放。

「呸呸呸！」她抬頭將滿嘴的喀什米爾羊毛吐了出來，馬上又低頭將自己埋入奶茶色的地毯之中，動都不敢再動。她實在沒有勇氣再面對吳常了。

「妳在做什麼？」吳常問道，聲音依舊很平靜。

她沒有回答他。事已至此，她已生無可戀，只想就這樣安安靜靜地死去。

「小姐，妳的姿勢若再持續一分鐘以上，將有30％的窒息風險。」雷斯特盡責地說。

她心裡罵道：廢話！你看不出來我一心求死嗎！

她正想開口叫它不要多管閒事，突然感到身子一輕，就被拉了起來。下一秒，重心一變，變成了仰躺在空中。

她先是茫然地看著絢麗的水晶燈，迷惘地想著，自己怎麼會突然與天花板離得這麼近，接著才反應過來，是吳常將自己橫抱起來。

「你幹嘛？」她忙道。

「送妳回房間。」吳常說。

他長腿一邁，沒幾步就走到客房裡了。

「放我下來啦！」她扭身掙扎道，「我自己有腳，才不要你幫忙咧！」

她心裡喊道：這點骨氣我還有！

吳常倒也不堅持，手一鬆就讓她跌入柔軟的大床之中。

「前天晚上發生了什麼事？」他的聲線依舊沒有太大的起伏。

「前天？」她重覆他的話，腦子一時間還轉不過來。

「妳昏倒在走廊上，渾身嘔吐味和酒味……」

她心裡暗暗一驚：沒想到我竟然整整昏睡了一天半！等等，這麼說來，難道是被糯米腸拖回房間的？

「眼睛腫脹、脈搏——」吳常繼續描述。

他的話中止了她的思考，她再次感到羞愧，連忙打斷道：「好了好了不要再說了！」

「還有，客廳到處都是紅酒，廁所馬桶也堵——」

潔弟舉起雙手摀住他的嘴巴，說：「停！」接著難為情地看著他說，「知道啦知道啦！對不起啦！」

他往後退了一步，說：「我不是要聽妳道歉。」

「喔，」她想了一下，慚愧地說，「我……我會賠你錢的。」低下頭，雙手抓著棉被，大聲說，「真的對不起！」

「不需要。」吳常口氣不太耐煩，「妳為什麼哭？」

「是失戀嗎？是失戀對不對？」雷斯特問道。極欲證明自己的推論是對的。

「干你什麼事啊！」潔弟不客氣地罵著雷斯特，「你跟吳常說這些幹嘛！」

吳常一直在注意她的舉動。聽她講完這句，他揚了揚眉，鎖眉沉思了起來。

雷斯特絲毫察覺不出潔弟是在罵他，認真地回答：「確實是不關我的事，是 Lumière 要我說的。」

「是誰？」吳常突然開口。

「啊？什麼？我在罵雷斯特啊。」她不明就裡地說。

「妳喜歡的人是誰？」

「呃……」她黑白分明的大眼轉了轉，突然心生一計，話鋒一轉，反問他，「那你怎麼沒跟我說你有女朋友？」

她挑眉挑釁地看著他，心想：哼，我就不信你好意思說！

「我沒有啊。」吳常神色正經，「為什麼要說？」

「該不會是老婆吧！」她訝異地道，「你結婚了？」

吳常搖搖頭，又露出困惑的表情。

「如果你有，你會老實承認嗎？」她瞇著眼盯著他，「我警告你，不准說謊！」

「我為什麼要說謊？」吳常頓了頓又疑道，「這些問題跟我剛才問的有關聯嗎？」

「噢，我覺得自己離人類越來越遙遠了。」雷斯特與吳常有相同的疑惑和感慨。

潔弟趁機問道：「雷雷，吳常有說謊嗎？」

「沒有。但是小姐為什麼要問這些呢？」雷斯特也接著追問。

她沒有回答它，只是又瞇著眼盯著吳常的眼睛，心想：雷雷應該不會騙人吧？應該可以相信吧？難道Ombre真的不是他女朋友？會不會是舊情人呢？

吳常沒那麼好打發，鍥而不捨地說：「回到剛才的問題，妳喜歡的是誰？」

經過剛才的十幾秒，潔弟已經有很充裕的時間想理由搪塞，於是她回他道：「就是那個很紅的明星陳威廉嘛。我是他的忠實粉絲，他結婚我當然心碎啦。」

可惜這個說法無法瞞得過吳常，他顯然不為所動，繼續問道：「是志剛？」

「才不是咧！」她皺了皺鼻子說道，「他一臉匪類，誰會喜歡啊。」

「那是——」

她幾乎快招架不住，當即四兩撥千斤地說：「唉算了算了，不重要啦，過去的事我們就不要再提了。先來吃早餐好不好？我肚子好餓。」

「我不餓啊。」吳常理所當然地說，「那是——」

「好了啦！」她怕他再問下去，總有一天會猜到他自己，連忙再次打斷他，「吃早餐了啦！睡太久，都要餓死了。」說完自顧自地爬下床，慌張地往房外走去。

＊＊＊

早餐吃到一半，直盯著潔弟打量的吳常，突然又說：「該不會……」他將叉子上的培根送入口中，「是廖管家吧？」

她翻了翻白眼：「夠了沒！拒答！」她拿著刀子的手指向他，「你不准再問了！」

「為什麼？」吳常頭微微向後仰，難得露出吃驚的表情。

「沒有為什麼！吃飯！」她低頭切著荷包蛋，力道大到刀身與盤子之間都發出「吱——」刺耳的聲響。

＊＊＊

飯後，潔弟跟著吳常進到另一間小型的臨時實驗室。裡頭也是擺滿了琳琅滿目、說不出名堂的儀器。

她看他站在一台事務機前，閱讀一張張列印出來的A4文件，好奇地湊過去看了一眼，只看到幾個英文字，是二氧化硫、二氧化氮、懸浮微粒……等。

「這是什麼啊？」她問吳常。

「氣體成分分析報告。」吳常惜字如金地說。

「喔，」她點點頭，「這是什麼啊？」

他揚了揚眉，又再次向她投射憐憫的眼神，解釋道：「我後來用氣體採樣飛行器取回老梅村裡面和外面濱海公路的氣體樣本，再交給氣體成分分析儀來分析樣本組成。」

「喔！那結果怎麼樣？那個平白冒出來的白霧是一種霾害嗎？」

「看來不是。兩邊成分完全一致，只有比例上微微不同。」

「這樣啊。那你派飛行器的時候，有順便再拍一次老梅村內的環境嗎？也許沒有人進去，就不會起霧了？」

「拍了，另外用空拍機拍的。妳猜得沒錯，我遙控空拍機飛進村子就成功拍到全貌了。之後也打算將取樣器和空拍機整合在一起。」他招呼她到客廳看，「來，AI系統今早才將影片解構、還原成新一版的3D模型。」

吳常再次喚雷斯特開啟三軸全息投影機。

這次少了白霧的掩蓋，空拍機飛得範圍又更廣，更為精細、完整的老梅村陡然出現在他們眼前。

村子唯一一座龐大雄偉的宅邸坐落在靠懸崖的區域。據吳常推斷，那就是陳府大院！

「哇——」潔弟大聲驚嘆道，「這陳府真的好大喔！」

嚴格說起來，老梅村是陳家村，過去裡頭的每戶村民都姓陳。但是除了豪紳陳山河一手建立這壯闊又氣派的大宅院外，村裡也沒有別戶能擔當得起「府」這個字了。

吳常分別在雙手的大拇指和中指的末端指節上，戴上發藍色冷光、具彈性的智慧戒指後，對雷斯特下指令：「偵測懸浮手勢。」

「已開始偵測。」雷斯特立即應道。

接著吳常雙手「揮開」陳府以外的模型，周圍的田舍都猶如一個個樂高模組般，隨著手勢被即時一一撥開。接著他將陳府獨立「捧起來」，再雙手一展，陳府隨即被放大，而且影像仍舊十分清晰。

「哇！」潔弟邊湊近邊驚嘆道，「好神奇！」

「鎖定。」吳常鬆手，陳府便懸空在兩人之間。

潔弟有樣學樣地做手勢、試圖操控模型，但它不為所動。

吳常解釋道：「這個模組現在『鎖住』了。而且雷斯特只會偵測我的手勢。」

「是因為你雙手戴的戒指嗎？」

「對。它們和我的手錶是一套3D感測模組。」

「喔。大概懂。」

吳常隨即切入正題道：「看內部格局。」

潔弟一看，陳府內部的格局明顯經過改動，與楊正留下來的四合院格局圖不符。二院原本的北面廳堂和東、西廂房都不是原本傳統的屋瓦建築，且三者中間的庭院似乎也被某種頂棚遮住了，所以看不到內部。

潔弟不禁好奇二院原有的園林水池是否還在。

「準備好了嗎？」吳常看了她一眼。

她吞了口口水，硬著頭皮，點點頭說：「嗯，來吧！」

＊＊＊

接下來幾天，吳常準備了各式各樣的裝備和輕型裝置、儀器，並且抽空教了潔弟其中幾樣的使用方式，否則光是一個 iACH 智慧戰術頭盔她就搞不定了。

頭盔是灰褐色迷彩，雖然較少見，但看上去與老梅村中後段，寸草不生的石磚道頗為和諧。造型乍看之下有些像那種附頭燈的礦工帽，但功能先進許多。

上面有GPS追蹤器和類似飛機的頻閃燈那樣的LED燈，在危急的時候可以將其打開。帽簷下方有兩個卡榫，打開就可以將防彈護目鏡或熱成像紅外線夜視鏡往下拉，後者方便在黑暗的空間中觀察、識別目標。而頭盔的頂端和前後左右四個方向都附有運動攝影鏡頭，會自動調整光圈大小和切換夜視功能；正前方的鏡頭與上方的頭燈中間隔著一個遮光板，只要轉動頭燈的外圈，就可以聚焦或發散光線。

潔弟原本以為這攝影機是GoPro，沒想到說出來反而冒犯到了吳常。

「我不認為消費性電子產品在沒有充電的情況下，錄影時間和儲存空間能連續長達三天。」他冷冰冰地說。

臨陣磨槍，不亮也光。潔弟很認真學習空氣槍短槍射擊，但結果差強人意。在場的其他人無不稱奇：這世上怎麼會有人在雙目健全的情況下，站在離標靶二十米的距離，射到隔壁靶道的靶紙。

吳常到了倒數第二天時，似乎也死心了，不再到處幫潔弟安排靶場和教練。

除了頭盔以外，吳常也幫她準備了同色系的戰術背心、防彈背心、護膝、護腕、水壺、戰鬥口糧、雨衣、背包、黑色長筒軍靴……等等。

裝備多的活像要上戰場一樣，搞得她好緊張！

至於其他潔弟看也看不懂的裝置，就吳常自己組裝、摸著玩。

戰術背心的口袋非常多，潔弟想了很久，最後放了他給她的M9多功能刺刀、軍用級強力手電筒、自己的電擊棒和防狼噴霧器，還有火柴、打火機、指南針、兩包衛生紙。其他空著的口袋都裝了點獨立包裝的糖果、餅乾。

而那個大背包裡頭，則是被吳常塞滿了M40型防毒面具、紅外線求生燈、信號彈、25呎傘繩、鋼線和一些急救箱裡會看到的基本藥物和醫療用品。

潔弟不知道還能放什麼，又不想搞得太重，所以在出發前一天將自己包包裡的東西倒進去之外，只有再多塞了幾包重量輕的蚵仔煎、梅子、唐辛子、牛排和雞汁洋芋片。誰叫那戰鬥口糧都是些又乾又硬的餅乾，感覺吃多了很容易便祕。

吳常提醒潔弟早點睡，預定隔天一早八點就進村，並且還提前吩咐廖管家六點就把早餐準備好。

這麼緊湊的行程倒是讓她懷念起以前的帶團時光。旅行社至今都還叫她緩一緩、先休息幾天，一點也沒有要解除禁團的意思。天曉得自己下次帶團會是什麼時候！

眼下裝備都準備得差不多了，她早早就上床培養睡意。只是翻來覆去，卻怎麼也睡不著。說不緊張是騙人的，一想到幾個小時之後就要出發去那個鬼地方，心裡就忐忑得要死。

不知不覺，時間也來到晚上十二點。她看不睡不行了，便緊抓著老師父上禮拜託奶奶拿給自己的觀音玉佩，誠心祈求普薩保佑她跟吳常可以在裡頭順利發現線索，使當年的真相能早日水落石出，並且平安歸來。

第四章 送行

早晨時間還不到七點，潔弟跟吳常兩人在餐廳用餐，忽聞門鈴作響，廖管家前去應門，原來突然來訪的是志剛這個嘴賤的傢伙。

「哇！你怎麼會來！」潔弟一邊將最後一口法式可頌麵包塞入嘴裡，一邊含糊地說。

吳常頭連抬也沒抬，面無表情地繼續享用他的可頌，看來是早就知道志剛會出現。

志剛對潔弟露出痞痞的笑容，一屁股坐到她旁邊，毫不客氣地將她盤中的可可豆麵包往嘴邊送。

「好險你今天比較早來，不然晚點我們就要出門了。」她對他說。

「廢話，」志剛翹起二郎腿，「我就是來送行的，又不是來吃早餐的。」

她盯著志剛津津有味地咀嚼著她的麵包，一臉鄙視地說：「還真看不出來。」

志剛肯定知道她在酸他，但他無所謂，繼續厚顏無恥地說：「最有資格送你們上西天的就是大哥我！怎麼說都得親自送！」

聽得廖管家當時臉一陣青一陣白，都不知該說什麼好，只好假裝沒聽到，轉身走到吧台為志剛沖杯熱咖啡。

＊＊＊

飯後，志剛跟吳常、潔弟進到行李間。志剛一見到地上那些大包小包，當即又開口揶揄，砲火猛烈：「靠，這是幹嘛！」他提了提潔弟的背包，「這背包是怎麼回事？考清潔隊扛沙包喔？」又把背包打開來亂翻，見到這些戰術裝備又說，「你們以為你們是復仇者聯盟喔？不要笑死人好不好！」

志剛他的嘴念歸念，還是刀子口豆腐心地幫他們把裝備都搬到客廳。

吳常再次喚雷斯特投影出老梅村的3D模型。這是志剛第一次看到完整版的老梅村。他感到頗為驚異，頻頻從各個角度來回察看模型細微之處，並用自己的手機拍照存檔。

潔弟跟吳常接著再作最後的檢查，吳常不時回覆志剛對於老梅村的問題，潔弟也趁機多塞幾包餅乾和糖果到他背包裡。

待吳常確認一切就緒，潔弟也沒剩多少時間可以做心理建設了。不過她想，面對這種找死的情況，就算再給自己十年也沒辦法做好心理準備吧。只好硬著頭皮隨吳常和志剛出發。

＊＊＊

早晨七點五十二分，蔚藍的天空萬里無雲，驕陽的光線已十分炙灼，整個北海岸熱得好似隨時都會燃燒起來。

「一百、一百、通通一百！一百塊買不了吃虧、買不了上當！走過、路過、絕不錯過！」熟悉的噪音從梅不老名產店門前一排大聲公屢屢傳出，聲聲吵得潔弟心浮氣躁。

她跟吳常坐在志剛的車上吹冷氣，在老梅村口等著下車買零食的志剛。

梅不老的老闆陳大頭雖然視線曾有一度與他們交會，但不知為何，他沒與潔弟打招呼，也沒殷勤地上前向進店裡的志剛搭話。不知是否因為上次在店裡打工的招弟阿婆與孫子失蹤一事，令他仍感到掛懷或不自在。

志剛沒多久就上車了。潔弟原本以為他只有要送他們到村口，沒想到他上車之後，又隨即往梅不老旁邊的大路駛進村子。

「哇，你要載我們進村啊？」坐後座中央的潔弟，探頭問他。

「對啊。」志剛一手掌著方向盤，一手往嘴裡丟進兩顆口香糖，「送佛送到西嘛。」

「這麼好！」她訝然道。

「崇拜我、迷戀我都是人之常情，不過要有心碎的準備喔，小妞！」志剛一臉三八。

有病！潔弟撇撇嘴，往後倒在椅背上，連動嘴罵他都懶。

車子在大路上顛顛簸簸地前進。潔弟看車頭一路暢行無阻地將前方蒽鬱茂盛的野草給輾在輪下，想到自己不用在大太陽底下，徒步披荊斬棘地進村，便覺相當過癮，心中的忐忑頓時消失得無影無蹤。

須臾，前方的道路也不再為荒煙蔓草所掩蓋，意料中的石磚道映入眼簾，遠處散落的傾圮民居猶如河中蝕岩，依然在時間的洪流中靜靜聳立著。

來到了此處，前方在等待他們的，便是那片妖霧與未知。

等到潔弟感覺雙手有些發痠，才知道自己方才一直不自覺地緊抓著褲子。

果不其然，那片濃如白漆般的霧牆，就在眨眼之間，突然在他們三人的眼前展開，橫跨整個視線範圍內的田埂。

霧牆上方烏雲密佈、暗無天光，厚厚的雲層不時翻湧，好似遊龍捲伏其中，偶爾閃現一絲電光。與他們所處的豔陽藍天相較，更顯妖異陰森。

潔弟的心跳隨著車子前行越來越快，幾乎都快跳出喉嚨了。只能閉上雙眼，抓著胸前的玉墜，再次暗自祈禱，作最後的掙扎。

祈禱到一半，她身體慣性地往前一晃，張開眼，只見志剛的車停在霧牆的正前方，車頭離濃霧不到兩米的距離。

「滾吧。」志剛吊兒郎當地說。

潔弟原本還以為志剛會來個精神喊話之類的，誰知道他不但沒有半句鼓勵的話，還如此不留情地趕他們下車，當即在心裡咒罵他幾句，才嘟著嘴，揹上背包、戴上頭盔，不情願地跟著吳常下車。

一離開有冷氣的車，便能感受到夏日的刺眼陽光與濕溽空氣。頭戴戰術頭盔，身穿長袖、防彈背心、戰術背心、長褲和軍靴的潔弟，整身又重又悶，簡直都快喘不過氣了。

車前霧牆那裡，不時襲來陣陣陰風，翻捲著潔弟的髮絲。她被頭髮搔得不耐煩，便順手紮起馬尾。

「好了嗎？」吳常神色自若地看著潔弟。

「我能說不好嗎？」她哀怨地看著他，小聲說道。

吳常凝視著她兩秒，突然又說：「現在反悔還來得及。」

她一察覺他又想拋下自己，隻身一人去犯險，連忙逞強回了句：「誰說我要反悔！我還巴不得趕快進去裡面涼快涼快！」

也不等他開口，她便率先往霧牆走去。

說也奇怪，那片白霧好似真有意識般，察覺到有人走入，立刻又往後讓出一條無霧的窄道。

潔弟當下心裡也納悶：還真的開路了！可是我明明就不是老梅人啊。而且為什麼吳常會認為，這條窄道就是要指引我前往陳府大院呢？

她左思右想，就是想不通吳常是怎麼得到這個結論的。

「走吧。」身後的吳常催促著。

「嗯。」

她又回頭看了他一眼，才又往前邁向吉凶未卜的境地。

***

霧牆外，一台玄武岩般灰黑色的MAZDA3引擎仍未熄火，駕駛卻又看似無意倒車駛離。

車內駕駛座上，背靠椅背，身穿白色襯衫，戴著深色飛行員眼鏡，蓄著鬍渣，看來有些隨性不羈的志剛，若有所思地望著擋風玻璃前的這團迷霧，想起稍早前，在飯店裡與吳常的一段對話。

***

當時潔弟正在廁所，吳常冷不防地對志剛說了一句：「事到如今，你也該說了。」

「啊？」志剛還未會意過來。

「你上次只說老梅村二十年前的一場巨變，卻沒提到警察為什麼會這麼抗拒進村。」

「你又知道我們抗拒囉？」志剛嘴硬地否認。

「如果可以，你們早就衝進去找人了。」

「王八蛋，」志剛雙手交叉抱胸，「你這個人就是什麼都要追根究柢是吧？」

「正是。」

志剛往廁所的方向一瞥，重重嘆了一口氣，聲音低沉地將他當日刻意隱去不提的片段抖出。

二十幾年前，當那自古以來從未有人見過的異象，自那夜降臨至老梅村，尋常人家若是進村，便宛如人間蒸發一般，再也不見所蹤。

詭異的是，若是警察進村，結果就大不相同了。其實不單單只是義民組團，當年更曾有無數警隊前仆後繼地進村搜索。然而當霧散去之後，於濱海公路另一頭山邊眺望的人們，便發現村內田埂上出現了為數眾多的屍體！

有些屍體尚稱完好，肩上還連著頭顱、身上還掛著淺色警服碎布；有些則像是被一群瘋狗拉扯、啃咬過，成了殘缺不全的肉塊。

大夥初時瞧見也懵了，誰也不清楚是發生什麼事。等到次數一多，便開始傳出風聲，說什麼，「警察進村都死得特別慘」、「老梅村會吃警察」……云云。

至於為什麼警察踏入濃霧之後，會遭遇如此猛烈的攻擊，自然也沒人說得上來。在各界的追問之下，警政署也不好再派人進村調查，只得請中央特別撥了一筆專款，以豐厚的撫恤金作為因公殉職的補償，才總算勉強化解了這場風波，堵住了悠悠眾口。

從此以後，這一帶警局的不成文規定又多一條，老梅村成為警界人士不願涉入也不願多提的禁區。

志剛沉重地講完這段往事，而潔弟也甫從廁所走出。她往客廳一望，便見到吳常兩眼瞳色轉為藍紫色，神情有些癡迷地說：「有趣！真是太有趣了！」

潔弟一臉疑惑，當下心裡直道：又在那邊發什麼神經病！

第五章
再探

夾在兩道濃密的霧牆之中，空氣轉為陰涼，潔弟隨即感到舒適許多。

「不對啊，」她走了幾分鐘之後，才想到吳常的一身打扮，立即扶著重如水缸的頭盔，回頭問他，「為什麼你還是穿得跟平常一樣啊？」

他穿著一件白襯衫、淺色休閒西裝外套、駝色卡其褲和棕色皮鞋，而他的防彈背心則再次被納在外套表布與內裡中間。雖然背上的大背包看來有些突兀，但怎麼說也比她有型多了。相較之下，她站在他旁邊就像是某個低俗劇裡的諧星角色。

「個人品味。」吳常正經地說。

「他媽的，我就沒品味啊！」潔弟怒急攻心，當即解開頭盔的扣環，奮力把頭盔往他身上砸去。

吳常異常的大手一抬，單手就抓住朝他飛來的頭盔。

「重死人了啦！沒事要我揹這個、穿那個的！」

「妳智商低，反應慢，完全沒有任何自保的能力，當然需要多點裝備防護。」

「又說我智商低！」

她氣得抬腳要踩吳常時，他也正要將頭盔戴回她頭上，她直覺扭身閃躲，一個重心不穩，馬上就側身摔入白霧之中。

然而這回窄道並未跟著她的移動而轉向。這讓她意識到窄道的存在似乎只是為了引導她、方便她前往某個特定的目的地而已。

尚未來得及細想，三道黑影忽地從一片白茫茫之中現身！祂們一副見獵心喜地在空中晃悠了兩下，便同時往她這飛快衝來！

她驚呼一聲，因背包有些沉，一下子爬不起身。就在這電光石火之間，還來不及張口喊救命，身子便被吳常快速地往後抽去、抱起，而霧中仙接連撞上了無形的牆，含恨地與她隔空對望！

潔弟驚恐地想：也許只差那麼半秒，我就真的要歸西了！

死亡是如此地接近，她不自覺地冒起冷汗。待她定了定神，才發現自己已重新站起身，處在無霧的窄道之中。

霧中仙仍心有不甘似地在霧牆外徘徊，祂們的神情皆異，分別是絕望、驚懼和獰笑，望之令人毛骨聳然、永生難忘。

吳常趁潔弟嚇得發愣之際，將頭盔牢牢戴在她頭上，還不忘扣上扣環。

「走吧。」他喚回她的注意力。

她拍了拍胸脯，喘了兩口氣，才又重新踏步前進。

＊＊＊

片刻之後，他們來到直行的盡頭，無霧的窄道朝右拐彎了。

上次進村找吳常的時候，潔弟只有前進到這裡，再往前恐怕便是無人知曉的領域。

她停下腳步，回頭告訴吳常當時的猜測；他們前面走過的大路，兩旁應該都是曾為良田的荒地，但從這裡開始，朝右走去，可能就進到較密集的四合院聚落了。

「這不是很明顯嗎？」吳常冷冷地說，「對比3D模型和我們目前前進的距離，就可以推論出來，不是嗎？」

「好啦好啦，當我沒說。」

他們繼續踏著石磚道前進的同時，潔弟也注意到吳常從袖子裡的暗袋抽出警棍般的魔術棒，似乎是想將之當作防身的工具。但是跟他給她的M9刺刀比起來，這魔術棒的攻擊力還不如一把兒童用的安全剪刀。

真不知道他在想什麼。

這裡的霧牆雖未比前方更濃，但卻像是有生命一樣，隨著他們的步伐，在兩旁跟著流動、翻騰！

在霧牆薄散處，後方的民居時不時地若隱若現。即使這幾處四合院只顯露那麼短短一秒，便再度被霧牆所遮掩，他們還是能在那一眼中，窺見房舍的面貌。它們與村前那些斷垣殘壁迥異，房屋外觀弔詭地完整；上漆的砧�石牆仍漆白似雪、燒磚頂瓦則赤紅如血，木質的門扉窗櫺看來更是離奇得堅實，就連門上貼著的春聯都仍舊如新，完全看不出距離廢村那年已歷經二十多年的風霜。

此等場景若是換在別處也許還有理可循，但在四季如春的季青島北海岸，房舍終年都受海風、酸雨侵蝕，豈有不破敗之理。

潔弟原本猜想，是迷霧裡的世界與外界完全隔離，裡頭沒有風雨，也沒有空氣，所以屋況才能長年不化，始終維持這般不自然的狀態。可是仔細回想起來，如果只是窄道內的空氣正常，而霧中有異，那麼她剛才摔進霧時，就不可能呼吸如此順暢了。所以問題應該也不是出自於空氣含量。再說，村裡平常是沒有濃霧的，只有當人進村時才會起霧。那麼這一帶的房舍究竟為什麼不會隨時間傾圮呢？

吳常只消看一眼，便好似看透一切。

「原來如此。」他神色豁然開朗。

「什麼？」

「還記得志剛說的嗎？」

「你這樣講，誰知道你在說哪一句啊。」

「他說，二十多年前，當村民逃出來以後，發現白霧就算散去，曾經籠罩過的區域也不再有聲音傳出。」

「喔，」潔弟腦袋裡浮現一個念頭，「你是說，霧裡面的時間凍結了？」

「不是。」

「唉，就沒一次猜中的！」她苦惱地說，「那你到底想說什麼啊？」

「妳仔細看。」吳常的視線朝向其中一戶人家。

她順著他的角度望過去，定眼細瞧才發現，那戶的門、窗都是半敞開的，裡頭漆黑不見底，顯得陰森恐怖。詭異的是，往外開的木頭窗扉突然無來由地左右微微搖晃了兩下！

她渾身發毛，害怕地瑟縮到吳常身後，只探出頭來胡亂張望。照理來說，如果那裡有什麼幽魂的話，那有陰陽眼的她應該會看到才對。但放眼望去，也就只有那些霧中仙四處飄蕩。

「好可怕，你叫我看那裡幹嘛啊。」她莫名地放低音量，也不知道是怕被誰聽到。

「妳看到那窗戶在晃了吧。」吳常指向那窗戶，鎮定地說。

「當然！嚇死人了！」她幾乎是在用氣音講話。覺得他這樣亂比好像不太好，會犯什麼忌諱，立刻把他手又拉下來。

吳常也沒異議，自顧自地繼續說：「那就證明霧裡的世界不是靜止的。」

「那又怎樣？」她拉著他，想趕快離開這個鬼地方，「我們繼續走啦。」

吳常紋風不動，繼續佇足沉吟：「我認為，霧裡的時空是侷限在某段時間區間的。譬如說，不停往復上演二十年前那晚的景象。」

他的想法轉移了她的注意力與恐懼，她也開始跟著思考起來。

「照你這麼說，如果我們離開了這條無霧窄道，走進霧裡，」她試著依他的邏輯推測下去，「那當時空恰巧還原到某個起始點時，我們會……消失嗎？」

「試試看就知道了。」吳常像是就在等她問這句話一般，興致勃勃地往霧牆外頭邁步，「妳在這等我。」

「啊！」她趕緊抓住他的手臂，「等一下啦！」

照理來說，待在無霧窄道裡應該是很安全才對，可是潔弟實在是不敢一個人待在老梅村裡的任何一處。

她忍住抱住他大腿、求他別拋下自己的衝動，強裝鎮定地說：「我們先用糖果試試吧。」一邊說邊急忙隨便從背心口袋掏出一顆糖果，往霧牆裡扔去。

那顆粉紅色的糖果在空中畫出一道拋物線，落在石磚上，又跳動了幾下，發出接連清脆的輕響，才止住了勢。

吳常同意她的作法，接著與她一起盯著那顆草莓口味的糖果。

五秒之後，她開始有點不耐煩地問道：「該不會要等上一整天吧？」

「一分鐘、一小時、一天、一週，都有可能。」吳常氣定神閒地說。

「不會吧！」她抱怨道，「一週也太久了吧！」

「這只是猜測。」

「早知道就帶漫畫來看了。」

四周環境雖然昏暗，但她有頭燈和手電筒，兩者加起來看上一天的漫畫都不是問題。

她邊碎念邊盤腿坐下。迷霧這一帶唯一的好處就是沒有什麼雜草、蟲蟻。她又從背心口袋裡拿出了一小袋洋芋片來吃，吳常則是彷彿定格般地守著那顆草莓糖果。

潔弟知道這是他的習慣，只要思考或觀察起一件事物，便會像是與希臘神話中的女妖——梅杜莎對到眼似地，瞬間石化。

他端詳那顆草莓糖果的神情是如此專注，連她都開始羨慕起那顆糖果了。心裡想著：不知道這輩子我有沒有機會也能得到他那樣的凝視？

第六章
白骨

彈指之間，霧牆後方，灰磚地面上的一點粉紅突然消失，場景倏地些微改變了；四合院的門扉開啟的角度變小，而對開木窗則是完全敞開！

潔弟驚呼一聲，直道：「這不是我眼睛脫窗吧？」

那顆糖果還真是一眨眼就不見了！她原本還以為會跟電影一樣漸漸變透明，或是先柔焦、模糊再消失之類的。

怎麼一點華麗的特效都沒有？

「一分四十五秒。」吳常瞥了一眼手錶說。

他又再跟她要零食測試，她隨手丟給他一顆橘子糖果。這次測試也同樣是一分四十五秒，分毫不差。

「可是不對啊，」潔弟突然心生疑問，「如果窄道以外的任何人或任何外來物都會隨著時間重置而消失，那你那天怎麼沒事？」

這似乎讓吳常想到了什麼，當即開口：「Einstein's Dreams.」

「什麼？愛因斯坦的夢？」她說。字翻成中文她都知道，結合起來就不知道是什麼意思了。

「美國物理學家 Alan Lightman 的著作。書中以三十個夢境探究時間的本質和可能，其中也包括愛因斯坦的相對論；譬如第五個夢中，離地心越遠，時間流動得越慢。欲延緩老死的富有人家，便遷居至高海拔，甚至外太空。」吳常推敲道，「如果村子裡時空重置的頻率也是有規律性、方向性的，那麼也許中心點就是自陳府放射出去，成為一圈圈的同心圓，每圈的時空區間都不同，越靠近中心，區間越短。我那天並沒有走進聚落，只走到外面的荒地。或許那裡是同心圓的最外層幾圈，所以那幾區時空重置週期比較長，我也因此有比較大的機率恰巧避開了那幾區歸零的瞬間。又或者那裡根本不在會產生時空重置的同心圓範圍內，所以我才無意中逃過一劫。」

她聳聳肩心想：聽起來好像很有道理，但我還是聽不懂。算了，管他的。

「但是霧中仙似乎不受時空復歸的影響……」吳常低聲地說，「我進去研究一下。」

吳常一臉躍躍欲試，潔弟卻心下徬徨無比。

「不要啦！」她再次拉住他，「你怎麼知道那裡面有什麼東西！搞不好有什麼魔神仔！」

出乎意料地，吳常居然也知道什麼是魔神仔，眼神更加狂熱地對她說：「那就更要去了！難道妳不想親眼看到——」

「不想！一點也不想！」她幾近抓狂地打斷他，「快走啦！」

「為什麼？」吳常一臉無辜。

潔弟不想在他面前示弱，便裝得一副理直氣壯：「重點不是在陳府大院嗎？等我們到那找到了線索之後，按原路走回來，到時候你想待多久都可以啊。」

她不等他反應，就硬拖著他往前走。

再前行不過百餘米，前方再次出現霧牆，看來又要轉彎了。

吳常注意到無霧窄道盡頭的地面有道黑色污漬，立刻飛奔出去。潔弟跟在他後頭賣力跑著，差點在他停下來的瞬間，一頭撞上去。若真是如此，他脊椎骨可能會被這頂 iACH 頭盔給撞成碎片。

潔弟想到自己戴上這頂頭盔，彷彿身懷鐵頭功一般的功夫，不禁也洋洋得意了起來。

「潔弟，快來。」吳常喚著她。

由於他早已將她頭盔上的攝影機調為不間斷錄影模式，所以只要遇到要攝影記錄的狀況，他都會叫她過去作影像記錄。

聽到他的聲音，她一回神便注意到，她腳旁的污漬如深色油漆般一路順著左轉的窄道，向村子深處延伸，盡頭便是蹲在石磚道上，背對著她的吳常。

她再回頭察看，黑漬的起點則隱沒在右邊霧牆之後，不知源頭來自何方。

「看來，我的判斷錯誤。」吳常淡淡地說。

「什麼意思？」

潔弟走到他身旁，正想蹲下來，卻被地上的景物給嚇得彈跳起來。肌肉因劇烈的方向改變而差點抽筋。

「哎唷！」她怪叫一聲。

吳常往她這瞥了一眼，視線再度回到眼前的地面。

那是一具掛著淺灰色碎布，失去雙腿的白骨！

潔弟這時才意會到，屍體周遭與那一路浸染石磚道的大量深褐色污漬其實是乾涸的血液！她摀住嘴，忍住想尖叫的衝動，緩緩在吳常身旁蹲下。

幸好屍體正面朝下又已經腐化成骨，沒有駭人的遺容，也沒有酸臭的味道。她只要一想到上個月被志剛叫去認屍時，見到那渾身腫脹、臉部殘破的浮水屍，便覺眼前景象也沒那麼怵目驚心了。

吳常按下腕上機械錶的其中一個按鈕，錶盤邊緣亮起白燈，他開始邊檢視屍體邊說：「……從屍體身上的布料和車縫線來看，應為九零年代以後的夏季警服，已褪色成淺灰色。屍體狀況已化成白骨。身體姿勢俯臥，雙手向前伸展，骨盆形狀完好，但不具大腿以下部分。推斷死者是瞬間遭外力猛烈拉扯，雙腿自大腿根部扯裂，在掙扎向前爬行的時候，因劇痛、失血過多或再次遭到其他致死攻擊而死亡……」

潔弟本想詢問他的手錶是否有結合錄音筆功能，結果一聽到吳常說「自大腿根部扯裂」這幾個字，便嚇得全身起雞皮疙瘩，要問什麼都忘了。光是想像便覺得甚為恐怖，何況是親眼見到這具死者的骸骨！

吳常邊做語音紀錄，邊用魔術棒將屍骨翻過身，死者軀幹上半部卻瞬間與雙臂和頭頸分家，就連脊椎骨相連的骨盆也轉為與胸部成九十度角，側面立了起來。他再輕輕順勢將這塊骨盆往下推，整個軀幹才一致地呈現仰躺姿態。

「……屍體會正常腐化，」吳常不知道是在跟潔弟說話，還是繼續錄音，「警服上的血跡也會由紅轉黑、自然蒸發，代表這裡並不是一直重演某段時間區間內的經過，否則警察就是特例……」他頓了足足兩秒，突然斬釘截鐵地說，「對！原來如此！大家都因果錯置了！」

潔弟想破頭都不知道他在講什麼，索性也懶得去理會，橫豎他回到飯店之後，也會再跟自己和志剛說明的。

在屍體旁邊記錄影像的她，一方面替吳常向死者道歉，覺得把人家屍體拆成這樣實在是很失禮；另一方面又慶幸自己不用看到死者的正面尊容。

屍體胸口一帶的衣服保留得比較完整，還能看到胸前口袋上的一線三星胸章。看來這位死者穿的的確是警服。

「這邊怎麼會有警察啊？」潔弟問道。

「也許是當年進村察探狀況，因某種原因而遇難的吧。」吳常猜測道。

「這位警察會不會是遇到了霧中仙才……」畢竟後半段的話真的很難啟齒，她只敢在心裡說完……才死得這麼慘？

「也許吧。」吳常回答。

他接著把屍體頭顱翻了過來，她趕忙閉上雙眼，頭卻不敢撇過，好讓戰術頭盔正面的攝影機得以繼續錄下畫面，因為左右和後方的攝影機沒有頭燈的輔助照明。

「從屍骨牙齒看來，死者是青壯年，」吳常檢查著屍體的口腔，「上排右犬齒是劣質金屬燒附瓷牙，假牙邊緣處有圈黑邊，外層瓷牙與假牙上方都已嚴重染黑，假牙至少是二十五年前裝套的。」

察探盡興後，吳常神色自若地站起身，打算繼續前進。潔弟立刻跟上他的腳步。

她忽然想到志剛和小智，慌張地問他：「誒，糯米腸，警察辦案的時候，是不是有時候會結伴啊？」

吳常看了她一眼，又是那種洞悉一切的眼神，好像她心裡在想什麼，他都能看出端倪，令她有種被侵犯隱私的感覺。

「是，」吳常說，「這裡不會只有這一具屍體。」

潔弟馬上想到上次自己一個人進村找吳常的路上，或許也曾經跟這些警察屍體擦身而過，隨之感到一股戰慄，連頭皮都一陣發麻。

「不覺得很有趣嗎？」吳常忽然這麼問她。

「啊？」

「這一路走來，我們見到的第一具屍體居然是警察的。」

「對喔，」他的話倒是提醒了她，「村子裡曾經住這麼多人，二十幾年前出現怪異的大霧時，大多數的村民都沒逃出來。可是我們走了這麼久，卻連半具村民的屍體都沒看到。」

「說不定，全成了霧中仙了。」吳常饒富興味地說，「或許招弟阿婆和小豪都是被霧中仙殺害，只是他們的魂魄都還沒被這霧異化成霧中仙。而魂魄又和霧中仙一樣不受時空復歸的影響，所以我們才能在霧中看到他們。」

潔弟像是被潑了一桶冷水般，聽得渾身發涼：如果這是真的，那就太可怕了！同時，心裡又有個聲音告訴她：他是對的。

不知道二十多年前的那場異象，究竟是如何把活生生的村民，變得人不像人、鬼不像鬼的幢幢黑影。

「走吧。」吳常雙眼再度變為藍紫色，閃耀著興奮的光彩，神采奕奕地說。

＊＊＊

接下來的路，仍舊在四合院聚落內左拐右彎。他們又陸陸續續在窄道上看見不少散落的骨骸；有的是一排肋骨，有的是帶指骨的手掌，有的則是被削去一半的頭骨等；沒有一處屍首是完好的，令人不忍直視。

倒是吳常一見到屍骨便一個箭步湊向前，一具具細心觀察。潔弟不得不硬著頭皮跟上去幫忙錄影。

據吳常的觀察，能辨別出年齡的，都是青壯年。其中，骨骸上若附著布料，也能看出生前的身分為員警。

潔弟原本曾想，會不會這些屍體是死後才遭人肢解。但是吳常卻否定了她的揣測。

一想到這些人在死前曾經歷什麼樣劇烈、悲慘的折磨，便覺一陣惡寒。若不是知道二十年前的那場怪事，潔弟一定會以為這一帶曾經發生過什麼血腥屠殺。

第七章 黑夜來臨

一路上見到那麼多死狀淒慘的屍骨，離陳府大院越近，潔弟心裡越是驚懼難受，腳步也越來越沉重。

「吳常，我……我走不下去了。」潔弟面有難色地轉頭對他說。

「累了？」

「不是啦，我只是……」她支吾其詞，「你不覺得很可怕嗎？不知道前面還有什麼東西在等著我們。」

「可怕？」他環顧一圈，問她，「就因為滿地的屍骨？」

「嗯。」她憂傷地點點頭。

「為什麼？」他不解地看著她。

「呃……」她一時語塞。想釐清自己感到傷心、害怕的原因，卻又一時說不出個所以然。

「我不知道妳為什麼看到屍體會害怕，」吳常對她說，「當我看到它們的時候，我只想知道它們是怎麼死的。我總覺得，它們還在等著我找出真相。」

這番話如暮鼓晨鐘般再次喚醒了潔弟追尋真相的勇氣。逾一甲子以來，已經有太多人不明不白地死去。或許它們都還在等待，某一天奇蹟會出現，會有個人跳出來替它們還原事情的經過、洗刷冤屈，讓它們得以安息。

潔弟知道那個人不是她，是吳常。但是她可以幫助他。如果因為一時膽怯就退縮，她一定會後悔、自責一輩子的。

「再說，」吳常又開口，「這些白骨的成分妳身上也有，我不明白妳害怕的原因。」

潔弟點了點頭，覺得他這麼說好有道理，心想：一定是我太大驚小怪了！

「嗯！」她用力點了一下頭，握拳對吳常說，「我覺得我好像又敢往前走了！趁我現在有膽，我們趕快走吧！」

＊＊＊

在聚落的巷弄中繼續穿梭，接下來的石磚道上皆空無一物，不見任何屍骨。這非但無法讓潔弟安心，反倒讓她心生提防，覺得這是暴風雨前的寧靜。

行進至今，吳常說現在已過了中午。理論上來說，正午時分，應當烈日當頭，但他們所處的環境，反倒由昏暗逐漸轉為深沉而迷茫的光線，就如同冬日破曉前的灰濛濛天空。

連走了三小時，潔弟提議坐下來稍作歇息，以恢復體力準備迎戰接下來的考驗。吳常儘管看來沒半點疲態，也不是很想休息，卻仍停下腳步等她。

潔弟看吳常神色冷峻、有些不耐煩，便從背包裡拿出洋芋片巴結他。好險這次有買他少數認可的唐辛子口味。

她將洋芋片包裝打開，推到吳常胸前，他勉為其難地吃了幾片，表情才稍微放鬆了些。

她點了點頭，暗暗心想：媽媽說，要抓住一個男人的心，就要先抓住他的胃。看來這句話對於怪裡怪氣的魔術師也滿管用的。

潔弟坐著休息的時候，一邊喝水、吃零食，一邊環顧四周。赫然發現，兩側霧牆裡的黑影越來越多，也越來越躁動！如果說，在甫走進聚落後，黑影出現的密集程度是郊區，那這裡大概就是都會區了吧。

她馬上將這個發現告訴吳常，他又是一副「妳也太晚發現了吧」的反應。他看來不太在乎這個現象，想必心裡也早想好了因應之道。

此時吳常正在推算他們與陳府之間的距離。幾秒之後，他告訴潔弟，他們所在之處，距離當年斷頭案的現場，直線距離剩不到五百公尺。若是眼前的窄道走到底再左轉，便會直通陳府。

得出這個結論，他急不可待地催促著她趕快動身：「快！就要到了！」

吳常的顏面神經向來跟情緒一樣不發達，如今這般吆喝著潔弟，雖依舊面無表情，但從他轉為藍紫色的瞳孔來看，她知道他此時內心肯定是澎湃異常、欣喜若狂。

也許對他來說，解開這個陳年謎團的過程本身，就如同尋寶一般刺激、有趣。

「那麼開心幹嘛，又不是百貨公司週年慶。」她小聲嘟囔道。

吳常甩開長腿，兩、三步就與她拉開距離，而這霧牆隔出的窄道，前後始終都與她相隔不遠，為了避免他一頭熱地撞進霧裡，她趕忙收起垃圾，在他身後小跑步直追。同時從背心裡拿出一顆哈密瓜口味的糖果來吃，心情頓時覺得愉快許多。

果真一轉彎，在兩束強力手電筒的照射下，窄道的盡頭便聳立一座氣勢宏偉、壯觀肅穆的烏黑宅邸！

潔弟猶如觸電一般，全身戰慄，震驚地下頦垂懸，口中的糖果差點就掉出來。直覺告訴她，這就是陳府大院！

出發前看老梅村的3D模型不覺得，現在親眼見到陳府，即使因霧牆阻礙視線而只能窺見其部分，仍感到氣勢磅礴、威嚴懾人。立即明白為何六十幾年前，陳府大火時，附近村民，不敢貿然踏入，非要等警察來了才敢隨同一探究竟。

這最後一段路，全無光線，天空已然化為曠無星辰的黑夜。

陳府本身像在颱風眼中，並沒有霧氣，但正上方夜空中卻有厚厚的烏雲在逆時針捲動！潔弟從來沒看過這種景象，直覺府內邪氣橫生，不知裡頭到底積聚了多少亡魂，非常危險，萬萬不可進去。但不知為何，眼前的陳府大門對她來說，又有股強烈的吸引力，有種注定要回到這裡的強烈感受。

她像是受到了某種力量的牽引，與吳常擦身而過，快步地往前走去。

「潔弟，」吳常喚道，「妳能看出黑影聚集的地方有什麼異常嗎？」

經他這麼一問，她才留意到左右兩側霧牆外不遠處，都各自聚集著為數眾多的黑影，正像風似地颼颼來回撲刮著。

「按照老梅村的3D模型，」吳常又說，「那兩處都在陳府高牆之外，空地上除了一排植樹以外，什麼都沒有。」

她瞇著眼仔細觀察一陣子，還是瞧不出半點端倪，只得搖頭跟吳常說：「什麼都看不清楚。」

「好吧。」吳常又盯了一會其中一叢黑影，才開口說：「走吧。」

＊＊＊

片刻之後，他們踏上石階，來到陳府大門前的門廊。

「到了。」潔弟聽到自己的聲音顫抖著說。

黛瓦當頭之下，橫樑垂掛一對顏色晦暗的紅燈籠，宅門的門框與門扉皆是深褐色木頭，門面高而寬大，窄道中僅顯出對開門板的中央部分，其餘兩側都與墨黑的雕花石柱隱沒在霧牆之後，隨著薄霧湧動而若隱若現。

門緣上方彩繪福祿壽三星高照圖，門框則雕以精緻百花飛鳥，兩側門軸底下則有灰石門墩，形如祥獸，互相對稱；與屋簷外一對威武石獅相映成趣。其斗拱飛簷，雕樑畫棟，巧妙結合了漆木磚石，每一處都蘊含民俗寓意，在在體現精湛工藝與陳府當年富甲一方的豪氣，足見往昔定是何等璀璨生光。只不過，經過歲月的洗禮，如今顏色早已失去往日的鮮活色彩。

潔弟想，陳小環將陳府改成孤兒院時，因經濟不甚寬裕，才無法妥善維護、保存宅院的外觀吧。

縱然宅門看來歷久而深沈，門上握把樣式卻非古早銅環，而是現代的銀白色金屬直式提把。門的內側也早已不是架有傳統的橫木門閂，而是一般鐵門常見的合金門鎖，與古色古香的門戶看來頗為突兀。

潔弟下意識地輕輕撫摸著面前古樸斑駁的木門，心中百轉千迴；除夕夜慘遭斷頭的陳家人、含冤而死的陳若梅、遭人滅口的楊正與孫無忌、為主奔波的小環……他們生前的往事歷歷在目，在她腦海中快速輪番上演。

瞧著門楣上的「陳氏孤兒院」木頭招牌，潔弟不懂自己的心情何以會在懼怕、迷惘之中，還夾雜著興奮、憂愁與懷念。她從來沒有來過這裡，但這陳府外觀對她來說卻又是如此熟悉。

興許是因為先前已經知曉太多關於這龐大宅邸不堪回首的過往，潔弟在萬分同情的當下，也對於他們的悲慘遭遇感同身受，早已不把自己當成是局外人了。

「瀟瀟春雨……潤桃李，柳樹……櫟紅新……歲月，」身後的吳常唸著門旁的對聯，由於其深藏霧中，看來朦朧難辨，是以他唸得有些斷斷續續，「春風萬里山山綠，處處園丁……樑。」

吳常走到她身邊，與她並肩而立，跟著她一起將手掌平貼於門板之上，說道：「也許所有的謎底就在門後了。」

她不知道自己此刻看起來是什麼樣，但臉色一定難看至極，幸好此時正在檢視門鎖的吳常沒看到。雖然這麼說很沒用，但她確實是暗自祈禱大門是上鎖的。這樣他們就得打道回府，從長計議了。

只可惜天不從人願，吳常從鞋底拉出了兩、三支扁平細長的金屬開鎖工具，動作敏捷地伸進鎖孔中敲弄，三兩下便聽到「咔」一聲悶響，木門便向內偏移了半寸。

吳常單臂一推，當即跨過門檻入內，沒半點猶豫，更不見膽怯之色。而怕得要死的潔弟，當然不敢這麼果斷地跟進去，只是站在門外躊躇不前。

過了一會，他在門內等她等得不耐煩，催促道：「快進來！這裡不太對勁！」

她在門外嚇得心臟狂跳，手都冒出了汗，心裡罵道：有沒有搞錯！不太對勁還叫我進去！你這個沒血沒淚的糯米腸！

「潔弟！」吳常的聲音變得更為急切。

聽得她剎時慌亂如麻，當下也顧不得害怕，只得握緊雙拳，咬牙入內！

第八章
無盡的夜

隨之映入眼中的不是吳常，而是一道青石影壁，上頭刻有八仙過海圖。兩旁牆面則延續宅院外牆的樣式，同樣以烏石磚砌，不過高度稍低了些。

吳常在出發前，曾比對過老梅村3D模型與楊正當年留下的紀錄，向潔弟與志剛大抵說過這宅院的建築結構，所以她對院內的格局能一眼便了然於心。

面對影壁的左邊屏門已被開啟，門戶大開地等著她入內。

府內沒有一絲霧氣，從玄關處看進去，便能將狹長的外院一覽而盡。左邊的長牆與右邊的倒座房依然聳立，外院的結構與六十幾年前相比，變化不大。

而此時吳常正處在外院之內，面對著通往二院的垂花門，定格般聞風不動。

潔弟見外院沒什麼異樣，方才滿心的驚惶也瞬間消緩了許多。經過這一個早上的折騰，不知道是已經麻木了，還是因為心理素質稍有提升，方能在這短短幾秒內恢復鎮定。

她看著他，心下只疑惑道：不知道又在思考什麼。

遂跨過屏門門檻，走到吳常身邊。而他似乎也察覺到潔弟的到來，臉微微側向她一些，雙眼仍直勾勾地盯著垂花門內，看得目不轉睛，神情很是痴迷。

她注意到他兩手垂在大腿外側，早把手電筒關了，便心生好奇：這裡面烏漆抹黑的，他不開手電筒是能看到什麼？

她正要開口問他，便突然聽到一陣稚嫩、銀鈴般的嘻笑聲！

「嘻嘻嘻……」

一股寒氣竄上背脊，她立即通體發涼，心裡恐慌地直叫不妙：來了！果然！

她就知道這裡面有鬼！

她下意識地轉頭看向聲音的來源，吳常連忙抬手遮住她的頭燈光線，但來不及了！也許是因為燈光，也許是因為她的尖叫聲，二院裡頭，散亂破舊的課桌椅之中，無數通體慘白、面容凹陷、死氣沉沉的孩子停下正在嬉戲玩耍的動作，將頭轉過來，張著漆黑如墨的眼窩朝著她看！

身手俐落的吳常將她頭盔上的燈光關閉。這時她才發現，府內其實並非黑暗得伸手不見五指，而是有著微弱的光線，來源正是二院內無數滿天飛舞的螢火蟲。

潔弟終於明白為什麼方才吳常會這麼急著喚她來了，她想：這何止不對勁！這孤兒院根本就是靈骨塔啊！

萬幸的是，那些孩童貌似對他們倆並不感興趣，像是出於好奇地盯著潔弟看沒幾秒，便又拾起剛才中斷的遊戲，這會正在嘻嘻哈哈地彼此打鬧。

「妳看到了什麼？」吳常問道。

「小孩……」潔弟驚魂未定地說，「好多、好多小孩……」

「我有聽到聲音，也看到幾張桌椅在移動。」

「你看不到祂們嗎？」她疑惑地轉向他，「不是只要在霧裡，你們就也能看得到鬼魂嗎？」

「潔弟，妳冷靜點。」吳常又說，「這裡沒有霧。」

「啊？」她四處張望，這才意識到，進到府內之後，霧氣澈底消散，周遭景象看來都非常清晰。

「府外那些迷霧和霧中仙，」吳常琢磨道，「應該就是為了守住這個宅院，不讓外人進來。」

潔弟心想：若真是如此，那吳常當初的猜測便成立了。他之前曾說，惡鬼橫行只是幌子，怕人進來尋訪才是真正目的。但是，如此處心積慮做這些事的人究竟是誰？他又如何有這個能耐，施法佈下如此狠毒的迷陣呢？

就在她滿腹疑問的同時，又突然想到一點，當即詢問吳常：「既然沒有霧，那這裡的時空也就不會再重置了？」

「對。」吳常若有所思地看著院內點點幽光，低聲說道，「不過現在時間是下午，天色卻是黑的。也許府內是一個異空間，時間流速和外界不同。例如，永遠處於夜晚。」

「那麼這些孩子，」她再次望向眼前無數相貌驚悚卻又舉止純真的亡魂，感到震驚又同情，「永遠也等不到天亮了……」

「會的。因為我來了。」吳常理所當然地說，反應沒有半分遲疑和謙遜。

「Lumière.」她立即想到吳常法文名字的涵義正是「光明」。此刻難得沒有心情吐槽他，只是衷心希望他能成功。

越是年紀小的孩子，反應往往越出人意表、難以預測。生前是如此，死後更是如此。潔弟曾聽聞不少養小鬼的人士，不久之後反遭小鬼吞噬而晚景悲涼，甚或死狀淒慘，自然知其箇中厲害。

為了怕驚動到院內那些孩子，潔弟動作不敢太大，只敢身子前傾，稍微探頭往垂花門內張望。

二院中央上方，由好幾根細支架縱橫交錯撐起了天棚。要不是因為身處於如此幽黑又詭異的陳府之內，看到那傳統紅藍白相間的防水布，還以為底下是在辦桌吃喜酒咧。

之前就是因為這天棚遮掩的關係，所以吳常的空拍機才拍不到二院的全貌，現在他們終於得以一見廬山真面目了。

這裡桌椅數量非常多，全部坐滿少說也有六十幾個座位，更別提還有可能收容學齡前的幼童。

一想到這所孤兒院裡至少有六十幾個孩童的魂魄，潔弟又是凜然一驚；眼前的鬼魂雖多，但絕對不到三十個啊！那其他一半跑哪去了？

想到這裡，她不免又回頭四處張望，深怕祂們會突然從身邊出現，或是早已經偷偷跟在她後面。

確認沒有其他身影之後，猶如驚弓之鳥的她才敢放心，再次將視線轉回二院之內。

在一片幽微冷光之中，她注意到座位排列是有方向性的。雖然有不少桌椅已經損毀、塌陷，或像是被人撞得東倒西歪、散逸各處，但是除了南方；也就是面對他們這方以外，其他桌椅大致看來還是分別朝向東、西、北方排列。

而這三個方位也各自橫立一棟兩層樓高、灰色長方體的水泥建築，取代原有的廳堂和東、西廂房。三棟形成一個ㄇ字型，但並未相連，只是共同圍著二院。簡陋、現代的房舍與陳府外圍古色古香、巍峨氣派的磚牆與建築風格大異其趣、格格不入，可以想見當初孤兒院創辦時的拮据與經營的艱辛。

水泥建物外頭的白漆都已經剝落得所剩無幾，裸露出底下的混凝土牆胚。她想，這三棟大概是學生宿舍吧。

三棟朝向中庭的那面牆，除了各自掛著一個大型老舊木框黑板，便是上下兩排玻璃窗，與建築物頭尾兩處鏽蝕嚴重的鐵門。如此看來，這個庭院應該是粗分作三間教室一起使用的。不知道是依孩童的年紀分，還是依學科。

就在潔弟借螢火蟲的微光觀察二院之際，膽大的吳常倒是沒有太多顧忌，大步一邁，跨過門檻，直接進入垂花門內。

她當即看見二院內無數活潑亂跳的幼童再次停下動作，轉頭朝他看去！

祂們血淚淋漓的眼框中雖空無一物，無法傳遞眼神，但面無表情的臉孔卻是如此陰森，絕非剛才那般單純的好奇，反倒流露出一股防備與不懷好意，看得潔弟後頸寒毛直豎！

突然之間，十幾個年紀約莫五、六歲的孩子如鳥獸散般，一溜煙地竄進就近的房舍裡頭。剩下十幾個較大的孩子，頭面向著他們，開始此起彼落地隱沒在黑夜之中。當祂們再次浮現時，他們彼此之間的距離也縮短了！

「祂、祂……」潔弟嚇得差點魂不附體，口吃了起來，「祂們過來了！」

「在哪裡？」吳常問道。

「到處都是啊！」她又懼又慌，緊張到都破了音。

鬼魂行進方式雖然各不相同，但卻有個共通點；都是跳躍性的。

她不知道吳常清不清楚，所以快速地跟他講個大概。他就算事前不知道，依他的腦袋一定也能馬上聽懂這其中規律。

猶如初生之犢的他，沒察覺到這其中隱含的危險可能，此刻仍神態自若、不為所動地杵在迴廊上四處察看。

「快走、快走啦！」她急的如熱鍋上的螞蟻，頻頻喊道。

吳常置若罔聞地看向北方房舍的位置，沒有半點懼色。

這些孩子們像是閃爍的螢火蟲似地一隱一現，離他們越來越近！

「你傻啦！快跑啊！」她使勁地想把吳常往外院這邊拉。

偏偏他太著迷於眼前的景象，又沉浸在思考的泡泡裡，身體穩如泰山似地不可動搖。

「啊啊啊啊啊——」她失聲大叫，覺得心臟都快要跳出來。

一眨眼，七、八個孩子已晃到跟前，緩緩欺身向他們傾靠過來。一股冰冷的寒氣撲到身上，拉著吳常手臂的她，反而閉上嘴，不敢再輕舉妄動，緊張的連氣都不敢喘一下，只能愣愣地看著眼前的一切。

她知道這樣下去不是辦法。當即按捺住轉身逃跑的衝動，開始絞盡腦汁尋找解套的方法：小鬼……小鬼……養小鬼……那些通靈、算命的怎麼養小鬼？

祂們腳不著地，懸浮在空中，張著深邃的眼洞，臉貼得離吳常極近，頭不時左右、上下晃動，像是在打量，又像是在試探他。

吳常大概是因為什麼都看不到，才不覺得怕。潔弟可是快被嚇破膽，心裡瘋狂尖叫道：這群死小孩怎麼他媽的這麼恐怖啊！

越來越多的小孩朝他們靠近，潔弟在沉重的壓力之下，突然福至心靈，生出一計。

第九章 水池

潔弟當下心急如焚，想道：管他的！先賭一把再說！

她連忙將吳常的背包打開，撈出一包糖果，粗魯地將包裝扯開來，衝到他身前，將裡頭的糖果胡亂往孩子們的方向灑去。

一時之間，只見幾十顆可樂口味的硬糖好似天女散花一般，在空中繽紛開來。

離奇的是，沒有一顆落在地上！每一顆都在空中消失了！

「沒有落地聲。」潔弟看著眼前空無一物的地面，知道這招奏效了。

「有趣！太有趣了！」身後的吳常驚奇地說。

冷汗直流的潔弟，聽他這麼說，真想痛扁他一頓。

她握拳心想：剛才就應該跳起來給他一記手刀，把他劈暈再拖走！

「好甜喔。」一個小男孩說道。

潔弟朝祂看去，那空蕩帶血的眼窩還是很嚇人，但原本凹陷的臉頰，現在有一邊鼓了起來，反而有一種衝突的可愛感。

旁邊一個綁兩條長長辮子的小女孩，聽祂這麼一說，便將手中的糖果送入口中。

「嗯。」祂似乎也很滿意這個味道，臉轉向潔弟，甜滋滋地說，「謝謝。」

「我也想吃。」空氣中傳來另一個尖細的聲音，聽起來有些哀怨。是另一個小女孩，祂的身材更為嬌小，留著妹妹頭的齊瀏海。也許是因為怨氣的關係，神情有些猙獰，看起來額外恐怖。

潔弟留意到祂沒有雙臂，只能將可樂糖頂在頭上。雖然很害怕，還是抱著豁出去的心情，硬著頭皮，伸出顫抖的手將祂頭上的糖果拿到祂嘴前。

祂也不排斥，張嘴便吞了下去。幾秒後，便點點頭說：「你們不是壞人。」神情十分嚴肅、正經，像是在宣佈什麼政令一樣。

「當然不是！」雙辮子的女孩指著吳常說，「哪有壞人那麼帥！一定是什麼大明星！」

嗯，很好，看來吳常老少通吃。潔弟心想。

「嗯，他們不是。」剛才那個小男孩附和地說。

「咦？不對啊，祢怎麼知道他帥不帥？」潔弟這時才想到弔詭之處，便問紮辮子的女孩，「祢們又沒有眼睛。」

「看得到啊，」小男孩回答，「那些壞人以為我們看不到就認不出他們了。可是就算沒有眼睛，我們還是看得到喔。」

潔弟聽祂這麼說，一顆心當即往下沉：「難道說……」

吳常雖看不見祂們，卻聽得到大家聲音，便回潔弟道：「應該是被刻意挖去眼珠。」

「啊！」潔弟驚呼一聲。心下五味雜陳，又震驚又疑惑：到底是哪個該死的畜生對小孩子做這樣殘忍的事！

「是啊。」剛才跟潔弟道謝的長辮子女孩憂傷地說，「那個時候真的好痛喔……」

潔弟心中的怒火瞬時高漲，將所有恐懼燃得連灰燼都不剩：操他媽的居然是在小孩還活著的時候，生刨出他們的眼睛！簡直天理不容！人神共憤！

那長辮子女孩瑟縮了一下，說：「阿姨妳的氣焰變得好高、好嚇人！」

「什麼阿姨！叫我姐姐！」潔弟反射性地罵道。這點原則還是要守住的！人情緒激動時，氣場會變得比較強大。舉凡感動、狂喜、暴怒等等。而氣場突然改變之時，周遭的靈體也能感受到這股波動。

其他孩子們也紛紛出現在他們周圍，帶頭的幾個孩子將可樂糖分給祂們吃。此時潔弟已不如方才那般懼怕。

「拿人手短、吃人嘴軟，」她挺胸對祂們說道，「祢們吃了姐姐我的糖果，就要乖乖的，不要給我們亂搗蛋啊！」

「咯咯咯——」

「嘻嘻嘻——」

雙眼空洞的孩子們又此起彼落地發出毛骨悚然的尖笑，聲聲聽得潔弟頭皮發麻，雙手發顫：幹嘛笑成這樣！好可怕啊！

就在這一念之際，孩子們又再次隱沒了。這次祂們沒有再出現，不知道跑哪去了。

她心裡嘆道：這樣到底是答不答應啊？唉，小孩好失控、好難預測啊。

「走了？」吳常又補了句，「突然沒有祂們的聲音。」

「嗯。」她點點頭，心裡仍有疑問：不知道祂們是被誰挖去眼珠，又是被誰殺害的？為什麼要殺死這些孩子呢？

吳常一刻也不願耽擱，逕自往迴廊的左邊走去。

「你去哪？」她追在他後頭問道。

「還記得水池的方位嗎？」吳常頭也不回地給她暗示。

她這才想到，他們現在身處四合院的南方，那麼左手邊就是西南方，也就是楊正當年所說的五鬼之地。

朝那個方向望去，她的心霎時一個咯噔，如石子墜入湖底，他們擔心的事發生了：水池果真被打掉了！

即便尚未走近，光站在垂花門口，就能看到二院的西南角已不是當年雅致禪意的亭台水榭，而是一排簡陋的木造低矮平房。看來水池這條線索也中斷了。

潔弟有些怯生生地跟著吳常走下迴廊，來到院子的西南方，方能看清楚平房的面貌。

昔日的水池已被改建成L型的長排平房，而最靠近垂花門的那邊，則有一小座手壓式汲水器，上頭已長滿了暗紅色鐵鏽，幫浦周圍散落著幾個小竹筒。

吳常彎腰觀察起這其貌不揚的老式抽水機，說道：「應該有十五到二十五年。」

也就是說，這台手壓式抽水機應是在孤兒院建立之後才另外設置的。

而平房則被劃分成十間狹窄的隔間。其深棕色外觀如同一旁的課桌椅，不過近處看來更為粗糙不平。木板都爛得差不多了，嚴重蛀蝕腐爛之處，還有大量的碎柴堆在土地上，彷彿輕輕一碰都會令其化作齏粉。

每間隔間都帶著與外牆相同的木門，上頭有著一細扁的薄薄鐵片充當把手，看起來相當克難。有幾道門板完全閉闔，有幾道則呈半開狀態，可從中看出其內側門鎖是最簡單的金屬門閂樣式。這門除非由內閂上，否則一定會往外敞開。

越是靠近越能聞到空氣瀰漫著一股臭味。不知道是從哪間隔間散發出來的。味道像是歷久不通風的霉味。

潔弟看著那幾扇關起來的門，覺得很是詭異，心中又不禁發起毛來，忖度著：不知道又是哪個死小孩躲在這隔間裡頭？不然，門沒鎖怎麼會關起來？

吳常從懷裡抽出魔術棒，輕輕將半開的門頂開。與他只隔一步之遙的潔弟，見他的表情無異，料想應當無危險，便走到他身旁，按下頭盔的按鈕，開啟頭燈。

剎那間，滿室生光。除了地板以外，裡頭天花板和三面牆都是剛才從外頭看到的木板內側，在燈光下顯出原木的黯淡色彩；地板則是由尋常紅磚砌建而成，比四周罩著的薄木板牢固許多。

地板的中央露出一個長方型洞口。潔弟這才意識到這一排隔間都是廁所。

這廁所簡陋到只挖了一個坑，連最普通的陶瓷蹲式馬桶都沒有，屬於古早式茅房。再加上當時建孤兒院極度缺乏資金，所以也沒有沖水閥或水箱。

吳常打開其他廁所隔間察看時，她心裡萌生一些疑問。按照吳常目前手上的資料來看，早在一甲子前，陳府便不如當時的民風一般將茅廁設在屋外，而是率先採用西式沖水廁所，將之設在各個廂房和正廳兩側的耳室之內；就連親戚來訪住的倒座房和僕人們住的裙房，也都在裡頭角落設有獨立廁所。既然如此，為什麼還要再另外在院子的角落蓋一排廁所呢？

潔弟將心中的疑問拋給吳常，他似乎沒有很認真在聽，想也不想地便回道：「也許是廁所間數不夠。直接利用原本水池的排水系統改成廁所，還能省去重拉管線的費用和困擾。」

「可是這廁所也沒有沖水功能啊。那些屎尿該不會還要人工去清吧？」她光是想到古早的挑糞方式，就覺得胃不太舒服。

吳常解釋道：「陳府位置靠海，水池在興建時，就是牽引院外農田間的灌溉渠道注入，再經人工渠道向下流出海。後續建廁所時，只要挖通便坑底部，匯入這條渠道，再用少量的水，就能將排泄物排出孤兒院。」

潔弟這才反應過來：那些在手壓式汲水幫浦旁邊的小竹筒，是用來蓄水沖茅廁的。

「原來是這樣啊。咦不對啊，這不是重點啦。」她著急道，「那現在怎麼辦？水池這條線斷了，我們還能再找什麼線索？」

這些吳常都已事先料到，此時反應不如她這般慌張，只是雙手於背後交疊，淡淡說了句：「四處看看。」

她看他老神在在地轉身往庭院西面的課桌椅晃悠過去，心裡直道：真是皇帝不急，急死太監！

遂小跑步跟上他的步伐，忙道：「怎麼樣、怎麼樣？地上還有什麼線索嗎？」

「妳覺得有可能嗎？」吳常反問她。

第十章 木蘭詩

吳常沒轉過頭來看潔弟，只是一個勁地凝視排排的桌椅。她走近以後才發現，西面的桌椅高度明顯比北面和東面都來得低，應該是給年紀相當於幼稚園小班的孩子用的。

那些桌椅不是現在普及的塑膠拼接漆鐵的桌椅，甚至不是老片中會出現的制式木頭課桌椅，而是到處拾荒來的現成板凳、舊式映像管電視機空殼、工地用的大型線圈架，或是利用撿來的廢棄物再行拼釘在一塊的桌椅，難怪看起來亂糟糟的，令人眼花撩亂。

「為什麼不可能？」她走到一顆廢棄輪胎旁，坐下稍稍歇腳，「把這些桌椅都搬開不就好了嗎？」

「孫無忌和楊正當年來案發現場調查時，環境就已經遭到嚴重破壞。現在時隔六、七十年，連地磚都被挖走了，還能保留什麼跡證？」吳常冷眼看著她。

她一聽，當即低頭往地上瞧，驚道：「我以為以前的庭院就是這種地耶。」

「普通人家自然是如此。稍微寬裕的還會上層水泥、鋪上灰磚。陳府上下則是鋪有青斗石地磚，就連外牆一帶也不例外。」吳常指著黑板的正下方，挑眉說道，「在特殊方位的地磚還有對應天上星斗的雕刻或者是家徽。」

她調整一下頭燈光束，聚焦到吳常所指之處，只見地板上的確還留有一塊刻有梅花的青石磚，花瓣周圍尚且妝點如意紋。整塊地磚突起於土地之上，一旦注意到，便覺其分外顯眼。

她將腳下的厚厚塵土往兩旁撥開，底下果然露出水泥地，還能見到幾道交錯的突起線痕，應是舊時地磚與地磚之間的間隙。

當下心生疑惑，便問他：「奇怪，這地磚好好的，為什麼要挖啊？」

「變賣吧。」吳常猜測道。

「天啊……」她錯愕地嘆道。沒想到當年小環為了經營這座孤兒院，居然窮到連地磚都得刨起來賣。

「這個小環到底是哪裡有病啊！」她環顧眼前簡陋寒酸的教室，不勝唏噓地說，「都已經窮成這樣了，還開什麼孤兒院！」

吳常沒搭理她，舉起手電筒檢視著面前的黑板。她出於好奇，又再次調整頭燈光線，光圈發散到幾乎能涵蓋黑板的八成面積。

黑板木框幾乎快散了架，板溝卻清得乾淨，沒什麼粉筆灰。黑板左邊是五列橫排的注音符號，右邊則是簡單的拼寫練習。像是「ㄋㄧˇ ㄏㄠˇ」、「ㄗㄠˇ ㄢ」、「ㄒㄧㄝˋ ㄒㄧㄝˋ」等日常問候語。

潔弟想，單就桌椅高度和黑板內容看起來，這一區確實像是教幼稚園小班的孩子啊。

當她研究完黑板，才赫然驚覺吳常已經站在北面的黑板前研究。也不知道他人是什麼時候跑到那去的。

她起身追上前，來到吳常身邊。這區黑板上頭充滿許多幾何圖形和數學公式，她粗略掃過一眼，主要是梯形面積的公式原理和應用。如果沒記錯的話，這已經是小學的教材了。

「沒想到陳若梅當年還教過陳小環數學啊。」她說。

「也未必是她教的，」吳常傾身研究著黑板上的題目，「有可能是小環識字之後自修的，或是其他聘用的老師負責教數學。」

「你怎麼知道？」

吳常嘆了一口氣，回頭指了指東、西兩面的桌椅：「如果只有小環一個人教書，那還需要分三區教室嗎？」再指著他面前的黑板題目，「而且這筆跡很顯然跟剛才的黑板不同。」

「喔！」經他這麼一說，她也好奇地順著他的食指往黑板看去。只是她怎麼看都看不出所以然，總覺得字體看起來都頗為端正，便歪著頭對他說，「有嗎？好像吧，我看不太出來耶。」

他冷冷地低頭看了她一眼，一聲不吭地站直身體，又往東面的桌椅走去。

她聳聳肩，跟在他屁股後面來到最後一張黑板面前。這次不用他提醒，她也能看出這黑板上的字跡與前面兩位有所不同；相較之下，這上頭的詩歌看來，字體凌亂之中又帶有一絲娟秀，彷彿是在匆忙的情況下揮筆而書的。

當她的頭燈掃過黑板的片刻，吳常突然臉湊近黑板，像是快要親上去一樣。

「潔弟，」他目不轉睛地盯著眼前的詩，「光線聚焦到第一行。」

你明明自己也有手電筒，是不會自己照喔。

她心裡納悶，但還是照做：「喔。」

此時吳常整張臉都要貼上黑板了，樣子看來有些滑稽，而且屁股還滿翹的。可是見他神色嚴肅，她也不好意思笑出聲，只好抿嘴憋笑。

吳常琢磨道：「你到底想告訴我什麼？」

「啊？」潔弟茫然地看著他。

吳常的指尖輕輕敲擊長詩的首行處，黑板瞬時咔咔作響。

她頭跟著湊上前去，打開頭燈，看個仔細。

上頭寫著：唧唧復唧唧，木蘭當戶織。不聞機杼聲，惟聞女嘆息。問女何所思？問女何所憶？女亦無所思，女亦無所憶。昨夜見軍帖，可汗大點兵；軍書十二卷，卷卷有爺名。阿爺無大兒，木蘭無長兄，願為市鞍馬，從此替爺征。

「這首〈木蘭詩〉怎麼了嗎？」她不明所以地問他，「不就是一首長篇樂府詩嗎？」

〈木蘭詩〉雖稱為敘事詩，但實為中國古代北朝時期的樂府民歌，內容歌頌巾幗英雄——花木蘭女扮男裝、代父從軍的傳奇故事。

「妳說呢？」吳常瞥了她一眼。

「呃……這種時候就不需要訓練我獨立思考的能力了吧。」她推託著。

「答案很明顯。」吳常又指了指詩句，試圖提點她。

「呃……」她實在不知道他到底指的是什麼，便胡亂猜測道，「是沒寫完嗎？黑板上只有〈木蘭詩〉的前面一小段。」

吳常面色轉冷，開始有點不耐煩地說：「再想想。」

「嗯……」她努力思考到眉頭都糾結在一塊了。此時突然一個念頭乍現，「啊！〈木蘭詩〉不是小學教材！是國中才學到的！」

能想出這一點，她不禁志得意滿地拍了一下黑板。

沒想到黑板左邊立即傾落，墜至地面發出「碰」一聲低響，在寂靜的內院裡聽來分外響亮，好似隱約還有回聲。

剎那間揚起不少灰塵，吳常一見便伸出長臂把潔弟拉開，可是她還是被撲上一臉灰，立即咳嗽連連。而他倒是看來沒什麼大礙。

她雙手揮了揮，止住了咳後，定睛一看，原來是黑板上方左邊的掛勾斷了，右邊苦苦撐著的勾環此刻也是搖搖欲墜。

吳常蹙眉瞪著她看。她自知闖禍，當即不好意思地說：「對不起啊，沒想到這黑板這麼不牢固……」

「吼～喔～」幾個小孩的聲音赫然自頭頂冒出，聽起來滿滿的幸災樂禍。

潔弟朝聲音方向抬頭一看，東面長房的二樓窗戶上浮出約莫七、八個小鬼的臉，有些頭顱還穿過緊閉的玻璃窗扉，看起來非常駭目嚇人。

「妳完蛋了！」一個綁著雙馬尾的小女孩指著潔弟，笑著說。

「要被老師打屁股了！」一個臉明顯燒毀的小男孩叫道。

真不知道小環收容祢們幹嘛！一點都不可愛！潔弟想道。

接著，她赫然一驚，心想：不對啊！哪來的老師？該不會也死了吧！

樓上那些小鬼自然是入不了吳常的眼，他無視祂們笑鬧的聲音，指著詩詞，口吻如常地對潔弟說：「妳看這裡，」他的指節輕敲著第一行長詩的下緣，「發現什麼沒有？仔細看。」

潔弟學他方才那般湊在黑板前，瞇著眼盯著那行字，心裡默念著：唧唧復唧唧，木蘭當戶織。不聞機杼聲，惟聞女嘆息……

幾秒之後，才在強烈光束的照耀下發現，第二句的「機杼」二字顏色較深，筆劃也較生硬，想必撰寫者當時在寫這兩字時，特別用力。

「咦，這個『機杼』……」她手指著他方才食指落下的位置。

吳常閉上眼，長嘆一聲，說道：「終於。」

如果不是吳常再三提醒，就算她再經過黑板一百次，也不會注意到這字裡行間的玄機。只是猜到謎底之後，她還是不知道那代表了什麼。於是她接著問：「那這裡的『機杼』是什麼意思啊？」

她心下困惑：沒記錯的話，這首詩裡的機杼是指織布機，可是留下這個訊息的人應該不是要講織布機吧？

第十一章
老鐵門

「確切是什麼，我還無法肯定，」吳常說出心中的揣測，「我認為留下訊息的人是想暗示，當年滅門案殺手使用的兇器不是刀，而是某種機具或機關。為了作案方便，要不是輕型易攜的機具，就是事先藏在府內的機關。依黑板上的線索來看，後者的可能性更大。」

「機關！」潔弟驚訝不已：為了殺人居然連機關都事先打造好了！這幕後主使人心理變態啊！

「沒錯。」吳常神色淡定，「可惜楊正與孫無忌的智商太低，當年的猜測漏洞百出。現在多了一條線索，也能解釋屍體頸部斷面為什麼可以那麼乾淨。」

「你怎麼這樣講啊！」潔弟不滿地抗議，「人家那麼辛苦又那麼可憐，沒有功勞也有苦勞啊！」

「鄉愿。」吳常搖搖頭，無奈地說，「那只是妳個人的看法，我只不過是陳述事實而已。」

「你就不要破不了案，不然就換我和志剛笑你智商低！」潔弟口氣憤憤然，既替死者打抱不平，又氣他說自己鄉愿。

她氣急敗壞地想：我哪裡鄉愿！最討厭別人說我鄉愿！

「真有趣。」吳常倒像是被撩起了興致，微微勾起嘴角說，「一言為定。」

她瞪他一眼，又在心裡罵了他一句：神經病！

「對了！」她突然想到，「留下這個訊息的人會是誰啊？你又怎麼知道這首樂府詩和當年的斷頭案有關？」

「憑直覺。」吳常很乾脆地承認。

「太隨便了吧。」

「就是環環啊！一看就知道是她的字嘛！」又有個聲音自樓上傳來。

潔弟與吳常兩人同時抬頭仰望，但她清楚只有自己看得到那個光頭小男孩。

「你有眼睛！」她驚道。

儘管祂不帶半點生氣、森森然的眼神不如尋常孩子那般澄澈、純真，令人望之生畏，但祂至少是她從進孤兒院後，唯一看到還保有雙目的童魂，是以有些激動。

太好了！至少有些孩子躲過殘忍的剜目暴行！她在心裡喊道。

只是不知為何，她總覺得祂的臉好像少了些什麼，但又一下子說不上來。直到一隻螢火蟲恰巧飛掠過祂慘白的臉龐，她才在那瞬間看清，其頭部左右兩側沒有耳朵！

看來這所孤兒院收容了很多殘疾的小孩啊。她恍然大悟地想。

「小虎祢又沒大沒小了！」方才那個雙馬尾的女孩頭再次穿過玻璃窗，直視著男孩，「要叫院長！」

「小虎？」潔弟重覆一遍，「這是綽號嗎？」

「對啊，妳沒聽過『兩隻老虎』嗎？」雙馬尾女孩問道。

「有啊。」潔弟開始哼起旋律，「兩隻老虎、兩隻老虎，跑得快、跑得快，一隻沒有耳朵，一隻沒有尾巴……」

唱到這裡她停了下來，剎時明白「小虎」代表的涵義。

「咦？」雙馬尾女孩歪著頭說，「妳唱的歌詞怎麼跟我們的不一樣？我們都唱『一隻沒有耳朵，一隻沒有眼睛，』」接著小虎與祂一同唱完最後一段，「真奇怪、真奇怪！」

看祂們如此活潑開朗，潔弟反而感到更加難過與惆悵。

「妳是大虎嗎？」吳常突然朝聲音來源開口。

「對，就是我！」雙馬尾女孩指著自己，聲音滿是雀躍。

潔弟這才注意到，大虎空洞的眼窩與其他孩子不同，周圍沒有帶血。也許祂被孤兒院收容時，就已無雙目與眼皮。

「小虎為什麼會有眼睛？」吳常又問。

「我也不懂為什麼那個叔叔說我八字不對，眼睛不能用。另一個叔叔直接射了我一槍。等到我再醒來的時候，就看到我自己躺在地上，大虎就過來跟我說我死了。」小虎邊說邊騰飛了起來，讓潔弟看祂胸口血淋淋的彈孔。

「王八蛋！」潔弟憤怒地握緊雙拳，咬牙切齒道。

「老師說不能講髒話！」大虎指著潔弟，義正嚴詞地說。

「不要囉唆啦！」潔弟一時情緒憤慨，雙手叉腰，抬頭喊道，「有意見叫祂來跟我講啊！」

她話才剛說完，大虎居然就在她眼前突然消失了！

「啊！」該不會真的去把老師找來了吧！如果老師很兇惡怎麼辦啊！潔弟登時反悔，慌忙叫道，「喂大虎！回來啦！當我沒說啊！」

只是大虎不再出現，只留下小虎與潔弟乾瞪眼。

「大虎最喜歡打小報告了！」小虎語氣有點埋怨。

「不能用……」吳常充耳不聞，若有所思地說。

幾秒之後，他又開口問小虎：「還記得那些叔叔長什麼樣子嗎？」

「都是穿黑黑的。開槍打我的看起來就是壞人，另一個看起來很聰明。」

什麼嘛！超級不明確啊！潔弟心裡無奈地想。

吳常一聽，像是得到了什麼靈感，再次低頭琢磨。

好不容易睽違二十幾年，陳宅重見天日，但裡頭不僅水池不見，院內多處又重建、格局大改。人事已非的情況下，潔弟當真有些絕望，煩躁不安地說：「吼唷，那現在怎麼辦？要怎麼抓到那些壞人啊？」

「走吧。」吳常神色泰然，「也許小環不只留下一個線索。」

「為什麼小環不直接說清楚？到底是什麼兇器？放在哪裡？兇手到底是誰？」潔弟抱怨道。

「怕被有心人士發現會被抹去吧。」吳常說，「也許她當時正面臨生死關頭，知道自己即將要被滅口。」

「那也不用這麼拐彎抹角啊。」潔弟還是覺得這謎題太難解。

「妳這麼說是不公平的。」吳常突然這麼說。

潔弟正想說，吳常怎麼突然反常地為小環說話，沒想到他緊接著又說：「己所不欲，勿施於人。陳小環的智商應該跟妳一樣低，妳怎麼能要求她做妳自己都做不到的事？」

「呃，我應該比較聰明吧？」潔弟問道，語氣不太肯定。

「絕對沒有。」吳常表情正經，斬釘截鐵地說。

「喔。那好吧。」潔弟聳聳肩，「現在要去哪裡？」

吳常指著旁邊的東面長房，說：「進去看看。」

潔弟抬頭望向現在空空如也的窗格，吞嚥了口口水，心中有些忐忑。一來是室內封閉空間比室外開放的環境，更讓人有種莫名的壓迫感；二來是不知道大虎說的老師來了沒？會不會已經在裡面甩著藤條等著她上門？

這棟左、右兩邊都各有一道門。吳常選擇從南面迴廊那一側進入。

宅院裡的鐵門款式比較老式，上、下各有兩排鏤空直立細鐵條，鐵條上頭還有成串的圓珠造型，像是算盤一樣。孔洞處還黏著貌似防蚊蟲用的綠色紗網。每一扇鐵門中間那塊浮雕式樣不一定相同，剛才看到這棟房舍的左邊那扇上頭，有著象徵福氣綿延的蝙蝠，而他們面前這片門板上，則是象徵長壽的壽桃。鐵門上方原有的絳紅塗漆已剝落得差不多了，露出裡面暗沉的鐵鏽。

潔弟心中暗道：這個陳小環花錢也真是花在刀口上了。整個庭院看下來，就這幾道鐵門最值錢，其他全是些撿來的破銅爛鐵。

鐵門裡頭沒有木門，打開頭燈即可直視其中。因為剛才樓上那些孩子，潔弟原本以為這棟全是宿舍，沒想到視野之內，似乎是間廚房。

還未看清，一股無法言喻的沉悶、濃重氣味便先撲鼻而來。裡頭除了一個因腐朽而洩了一地碎碗盤的櫥櫃較醒目以外，其他地方則因上頭積了厚厚一層灰，而看不出什麼所以然。

廚房左手邊還另有一扇鐵門與其他空間相隔。與她一同往內窺視的吳常，在視線上下掃過之後，特別舉高自己的強力手電筒，往另扇鐵門照去。

在聚焦光束的照耀下，潔弟發現那扇鐵門的對面，還有另一道平實普通、毫無綴飾的木門。

這勾起了她的好奇心，不待吳常催促，便主動想開門入內。可是這種曾經風行一時的鐵門外面是沒有手把的，只留一個鎖孔供持鑰者利用鑰匙勾住鎖孔將門拉開。所以她一時之間，不知道要從哪裡施力把門打開。

「吳——」

正要轉頭叫吳常開鎖時，赫然見到一隻手越過她的頭頂，握住算珠一般的鐵條，輕鬆向外一扯，連勁都沒使上，門就「咿」一聲而開。

「啊！」她錯愕地嘆道，閃身讓吳常把門的幅度開得更大。

「進去吧。」他對她說，「這門沒鎖，鎖舌只扣上了一半。」

進到室內，裡頭的灰塵比她剛才站在門外看起來還厚上許多。光是腳一踩一收，地上就現出明顯的腳印。

待她走到廚房深處時，才注意到瓦斯爐上有好幾個大鐵鍋，爐火已滅，一陣淡淡的霉味自裡頭飄出。她捏住鼻子、伸長脖子往裡瞧，鍋裡的湯水早已乾掉，只在底部留下黑糊糊的殘渣。

一旁流理台上，放著幾碗早已乾涸的瓷碗，碗裡都是一層黑底。潔弟猜測這些原先應該是裝著醬料的。中央則置著一塊足足有五公分厚的大砧板，上頭有些齏粉，看不出本來是什麼食材。

潔弟後知後覺道：「這裡的食物都會變質耶！」

吳常說：「對。陳府內既沒有濃霧，也沒有濃霧中的異象——時間復歸。有著時間流速，所以東西會隨時間腐敗，甚至腐敗到變成粉塵。但是這裡仍然和外界的時間不同，一直在永夜中。」

潔弟點頭表示了解，說：「就像是你之前講的『異空間』。」

同時，她也留意到地上有根大湯杓。她想：當時在料理的人，大概因為某些緣故，不得不拋下手邊工作。慌忙之中甚至連掉落的湯杓都來不及撿。

第十二章
血跡

「不知道二十幾年前，那場大霧發生的時候，府上到底發生了什麼事。」潔弟喃喃道。

吳常戴上他表演常用的白色魔術手套，一語不發地仔細一一檢視廚房內的炊具、廚具。幾秒之後，忽地開口：「都不見了。」

「啊？」

「所有的刀都不見了。」

他這麼一說，她才注意到，流理台上、廚房牆上、水槽裡都充斥著各種鍋碗瓢盆、鏟杓筷匙，唯獨就是沒有刀。

「咦，真的耶！都跑到哪去了？」

吳常注意到廚房還有另一道鐵門，一聲不吭地扭頭轉身走去那一側。那鐵門中央的門板上，有著象徵旺家興財的壁虎浮雕。她都還沒看清楚鐵門的對面是什麼環境，吳常便毫不猶豫地開啟這道門，閃身入內。

她這才發現，那門也沒鎖上。雖然不知裡頭有什麼，但她更怕脫隊，自然也緊跟其後。

裡頭的空間比她想像的還要小、還要凌亂，東西散落一地，到處都是已隨歲月化為粉屑的食材和早已膨漲凸起的變質罐頭。

兩面都是齊天的鐵質層架，最下層是一排油桶和高度及腰的大黑甕，推測後者可能是米缸一類的儲糧容器。上頭三、四個層架都堆放著一大袋、一大袋的麵粉、鹽、糖、麵類，一層是垮成小山的罐頭，還有一層是簍簍碎屑。

「原來這間是食物貯藏室啊。」她邊說，邊東張西望。

她心道：也是。要同時供應這麼多孩童的孤兒院，伙食量一定相當可觀。也許乍看之下，這間的食物堆積如山，但實際上，也許還不夠他們吃一個禮拜咧。

鐵門右手邊，則是一大台那種常在便利商店看到存放冰棒的臥式冰櫃。雖然其插頭仍在插座上，但孤兒院已經被斷電多年，這台冰櫃如今也只是靜靜躺在這裡，充當舊案謎團的背景之一。

她抹掉玻璃拉門上的灰塵，往下瞧，裡頭都是些早已發黑、無法辨識的食材。

這小房間吳常看得很快，銳利的雙眼掃過幾秒便又往鐵門對面那道木門邁進。

木門上的鎖像一般公廁隔間用的那種，只有一個簡易的細金屬橫閂，一拉便開。而此刻，它也與前面兩道鐵門一樣，都是虛闔上而已。

吳常拉開門扉一看，裡頭一樣伸手不見五指。當吳常的強力手電筒和潔弟的頭盔光源各自射向空間深處的瞬間，她發現這間房間非常狹長，對面的牆壁至少離他們有三十米。而他們所處的這道木門與那面牆之中，夾著一排排如外頭庭院般，由廢棄物東拼西湊起來的桌椅。唯一不同之處，是桌子的兩邊都有擺椅子。

「又有一間教室？」潔弟心裡納悶：為什麼只有這間教室是在室內？難道是有些孩子比

較嬌貴？

「應該是供孩童用餐的食堂吧。」他刻意用手電筒光線在角落木櫃上的餐具劃上一圈。

「喔喔。」

潔弟左手調整頭燈焦距成近處發散時，才意識到空氣的味道轉變了。她趕緊閉氣的同時，一股噁心感湧上喉頭，當即一個不小心岔了氣，被自己的口水嗆得咳嗽連連。

「血腥味。」吳常好整以暇地說，「陳年的。」

「什麼？」潔弟的聲音變得有些沙啞。

吳常的手電筒光源仍舊是遠處聚焦的模式，此時照向室內深處。順著他的目光看過去，在強力而慘白的光線下，對面牆壁白漆如外頭一般盡數剝落，上頭幾處與靠牆的幾張桌椅一樣，有著不少像是潑濺出來、但已乾掉的黑漆。每處量雖不多，卻頗為密集。

潔弟想起方才一路走來，在聚落間，石板路上發現的屍體，不禁瑟瑟發抖，問道：「那……該不會是……」

「就是。」

一股莫名的緊張與懼怕再次由心裡深處崛起，潔弟突然感到喉嚨很乾澀，吞了口口水，不太想將自己的猜測說出來，怕會成真：「血跡……」

「很明顯不是嗎？」

「是是是……謀殺嗎？」她驚惶地說。

他打量了一下牆上的血跡，說：「確切來說，應該是屠殺。」

這句話嚇得她猝不及防，雙腿登時一軟，簡直都要癱跪在地上了。前面的廚房和貯藏室都沒什麼太大的異樣，誰能預料會這麼突然走進一處凶殺現場。

吳常來到食堂的另一頭，走到血跡斑斑的牆壁前探看，潔弟則繼續捏著鼻子，龜縮在他身後。

「槍法不錯。」他語調毫不掩飾地流露出讚許之意。

「啊？」

吳常向潔弟解釋：殺手不只一個，而且都是採遠距點射的方式；一槍一個，彈無虛發。她這才知道，原來那些牆上的血跡之中，一個個凹槽都是彈孔！

她驚駭無比道：「天啊！到底有多少人死在這裡？難道開槍的當下，周遭的村民都沒聽到嗎？」

說完，她隨即想到二十幾年前的那場大霧，頓時感到一股惡寒。

吳常道出了她心中的猜測：「這圍繞陳府的濃霧有類似隔音棉的效果，只是不至於到完全消音。或許當年就是用來阻絕槍聲的。」

他不知從哪掏出一把M9刺刀，先後自牆上幾處彈孔中撬挖出三枚彈頭。再屈膝彎腰拾起幾個地上的彈殼，與彈頭相互比對。

「怎麼樣、怎麼樣？看出什麼沒有？」潔弟問道。

他戴上白手套的手指捏著子彈，放在她的頭燈光束下緩緩轉動，仔細端詳起來。兩、三秒後，眼睛為之一亮，說道：「嗯。」

「怎樣，你快說啊！」她不耐煩地催促他。

「5-5-6 NATO。」吳常以英文說道。

她聽得一頭霧水，不知道他怎麼會突然講這個，忙問道：「那是什麼？NATO 是……北大西洋公約組織？」

「對。NATO 會員國的標準用彈尺寸：口徑 5.56，乘以長度 45 mm。」他頓了一下，又補充說，「季青島雖然不是會員國之一，但兵工廠也是比照這個標準量產彈藥和槍械的。」

「喔，」其實她聽不太懂，但還是附和一下，「那所以咧？」

「制式步槍，」他回答她的同時，似乎又想到了什麼，「確實訓練有素。」

「什麼意思啊？」她還是一臉茫然。

吳常冷眼瞥了她一眼，目光自左邊牆壁盡頭的鐵門，掃向右邊通往樓上的階梯。

她實在很討厭他這種「高興就回話，不高興就當別人是空氣」的態度。

不過，地上的異樣很快就轉移了她的注意力。從地上烏黑血跡來看，曾有幾具屍體被拖行到半圍的鐵門之外，那裡就是方才庭院東面的教室。

潔弟心想：如果連我都能看出來，那吳常肯定早就注意到了。不過依吳常那種不見黃河心不死的個性，沒把二樓走過一遍，是不會就這樣走出這棟長房的。

「咦，不對啊！」她突然想到，「這裡有那麼多血，那屍體呢？」

「我認為是藏在府內某處。不過這裡的血量不算多，就彈孔數量和現場血跡來看，案發當時，食堂裡應該只有十到十五人。一遭射殺，就馬上被拖到別處。」

「『案發當時』，」她復述他的話，思考著，「你是說二十幾年前，那個迷霧第一次降臨老梅村的晚上嗎？」

「對。志剛說，時間是剛入夜。從廚房正在切菜、烹煮的狀態，還有水槽內沒有使用過的碗盤來看，」吳常推測道，「也許當時才在備菜，還沒到孩童集合在食堂裡用餐的時間。」

她精神一振，滿懷希望地說：「你的意思是，大部份的孩子都安然無恙囉。」

「這個問題應該要問妳。」吳常看向她，淡淡地反問，「妳剛才看到多少鬼魂？」

她的心頓時咯噔一沉，可是又想到外頭內院裡為數眾多的桌椅，希望又再次燃起，只是這次變得比方才微弱許多。

「不管我看到多少，那一定不是全部！」她說。

「但願吧。」吳常面無表情，令人捉摸不透他的心思。

說完，他們的眼睛同時看向右手邊的樓梯。

第十三章 更多彈孔

潔弟初時見到如墨般漆黑的階梯時，便心下疑惑：哪有台階黑得這麼不均勻的？

待她看到樓梯側面，那灰色混凝土上一道道溢出的黑線時，才赫然驚覺：台階本來不是這個顏色，是被血流淌染成紅色，再隨時間氧化轉黑！

「真有趣。」吳常望著階梯，神情有些滿足地嘆道。

潔弟既錯愕又反感地想道：喂，可以不要露出那麼著迷的表情嗎！真不知道是喜歡上你哪一點！

「在這裡等我。」吳常對她說。

他泰然地邁開長腿，踏上了階梯。她再次嚥了嚥口水，環顧陰暗濕冷的四周一圈。雖然目前看似沒什麼危險，但她還是沒勇氣落單，只好也跟著他上樓。

「等等我啊。」

她惴惴不安地跟著吳常走到兩層樓中間的樓梯平台，轉一百八十度角，再爬上樓。當她走完全部的階梯，踏上二樓，望向眼前景象的剎那，僅存的一點渺茫希望也隨之殞落了。

二樓是完全打通的開放式宿舍，寢室只能用「一片狼藉」四個字來形容。四排上下舖直直延伸至長房的另一頭。經過二十幾年的洗禮，鐵製床架和木櫃都已經脆化得差不多了，而床鋪上的棉被和床墊也多半氧化成碎片，說不定一碰就散。

即便時間倒流到二十幾年前，這宿舍老舊寒酸的陳設也在在顯露物資匱乏與貧窮。天花板裸露的水管走線、歪斜的窗框，床鋪四周堆滿的雜物，盡顯破敗髒亂，環境頂多比橋下蝸居的遊民還好上一些、更具規模而已。

放眼望去，牆上、地上是更多的彈孔、彈殼和噴濺血跡，不少床單和雜物被一灘灘如今早已乾涸的血泊給浸染成一片黑。

潔弟看得當即冷汗直流，覺得四周空氣越來越冷，直入心坎。

她感到一陣暈眩，開始不停地乾嘔，難受地想：該不會所有孩子都被殺了吧？

見她不適，吳常也不催促她前行，只是舉起手電筒，面不改色地沿著排排床位中間的走道，一人深入寢室內探察個仔細，留她自己撐扶著樓梯口的欄杆，平復情緒。

待她稍稍鎮定後才意識到，舉目所及，這層樓也一樣沒有半具屍體。她想：剛才在外頭的時候，明明抬頭還有看到七、八個童魂從二樓窗戶探出頭來，其中包括大虎、小虎，怎麼現在上樓之後，反而連祂們也不見蹤跡了呢？

就在她疑惑的當下，突然見到手電筒的光線聚焦在距離她不到十米的地上，看來吳常已經從走道底端折返回來了。

她迎向前去的同時，小虎和另外兩個鬼魂也再次出現。祂們跟著吳常的腳步前來：小虎繞著他飄來飛去；另一個看來約莫十二、十三歲、平頭的男孩，撐著沒有雙腿的身軀，忽隱忽現地穿梭在走道與床鋪上；還有一個看來與小虎同年，頂多五歲的長髮女孩盤腿坐在吳常肩膀上，笑得燦爛，那張得開開的嘴完全沒有牙齒，看來陰森詭異。

「停停停！不要過來！」雖然潔弟與吳常還有一大段距離，她還是緊張地當即伸出雙手要他止步，「你知道你身邊跟來了什麼嗎？」

「三個幼小的鬼魂，二男一女。」吳常面色不改，鎮定地指著自己說道，「而且有一個在我肩膀上。」

「那你怎麼不害怕？」她錯愕道。

「有什麼好怕的？」吳常有些疑惑，「我們是來幫助祂們找出真相和兇手的，不是嗎？」

「話是這麼說沒錯啦，可是……」她實在是不知道要怎麼跟他這種對鬼神沒有任何懼意的人形容這種原生的害怕。就算她從小看祂們長大，就算祂們沒對她做什麼，光是出現在她周遭就足以讓她恐慌了。

「我偏要過來！」小虎疾衝至潔弟面前，欠扁地搖擺著屁股，對她吐舌頭，「咧～～～」

「小虎，別鬧！」平頭男孩出言喝止祂。講話口氣沉穩許多，是個較成熟懂事的孩子。

好險小虎的口水不是實體的，不然潔弟真的會開扁。不過也好在小虎調皮的性子，她煩躁的情緒才得以暫時壓過恐懼。當小虎再度轉過來背對她搖屁股的時候，她迅速拿出背心口袋裡的打火機，點火燒祂屁股。

「哎唷！」祂瞬間竄得老高，頭部直衝出天花板。

「下次再這麼沒禮貌祢試試看！」潔弟面帶得意，又有些威嚇地說。

吳常的眼睛閃爍，一臉對火能燒到幽魂這件事感到十分有趣。

潔弟跟他解釋：之前曾聽老師父說過，自然界中，只要是能量波都可以對幽魂、執念、陰間和混沌七域產生影響，舉凡火、電、光、聲音、震動……等。所以她剛才才用這招來反擊小虎。

而由於潔弟以前曾跟吳常提過她與老道、老師父的一些過往，所以他也知道他們的存在，也曾請她幫忙引薦給老師父認識。但弔詭的是，老師父看了他的八字命格之後，只說了句「時候未到」，便請潔弟代為婉拒。之後她再怎麼纏著老師父追問，他都說天機不可洩漏，令她納悶不已。

「走吧。」吳常說道。

潔弟一邊跟著吳常和三個小鬼下樓，一邊問他：「寢室裡面有找到什麼線索嗎？」

「沒有，不過裡頭有更多的鬼魂。雖然我看不到祂們，但有聽到祂們小聲討論要躲在哪裡。」吳常回她。

潔弟心裡驚道：也太不小心了吧！這樣很容易被壞人發現耶！

「我原本也躲在櫃子後面喔。」他肩膀上的長髮小妹妹說，「可是一看到是白馬王子，我就決定要嫁給他了！」

吳常本人沒吭聲，所以潔弟也不好意思多說什麼，只是在心裡想著：排隊吧祢！再說人家根本沒答應啊，祢現在坐在人家肩膀上根本是強制中獎嘛！

此時他們走出階梯對面的鐵門，回到陳府庭院東側。她回頭一望，這扇鐵門門板的中央圖案也與這棟其他兩扇不同，是象徵福氣的蝙蝠。

吳常抬頭掃過西側與北側的灰牆長房，輕聲問道：「那兩棟裡面是什麼？」

「這棟，」平頭男孩指著對面的西側房舍說，「一樓是洗澡的地方，二樓跟我們這的二樓一樣，都是宿舍。也都是大孩子照顧小孩子。」

潔弟看著祂的上半截身軀末端像是陷進水泥地裡，不免心生同情，抿嘴心想：祢還是照顧好祢自己吧。

「右邊這棟，」平頭男孩指向北側的長房，「其實我也只有進去過幾次。一樓好像有幾間會客室，二樓是老師們辦公的地方。」

「其他地方呢？」吳常又問。

「北棟再後面是老師和阿姨住的宿舍。」平頭男孩怕他們不知道阿姨是誰，又補充說，「阿姨除了打掃、煮飯，還有幫忙照顧小嬰兒。對了，五歲以下的小孩都跟老師、阿姨他們一起住。」

「這裡的孩子年紀是從嬰兒到幾歲？」吳常問道。

「十三歲。我就是這裡年紀最大的。」平頭男孩有些驕傲地說。
「祢們全都被殺死了？沒有人活下來？」吳常冷不防問道。語調之平淡、直接，令潔弟傻眼。
「唉……」早熟的平頭男孩長嘆一口氣，面容哀傷又有些幽怨，「我也希望有人能活下來……可是當我們死後在院子裡見到大家的時候，就知道沒有人躲過一劫了……」
「什麼！那小環呢？不對，我是說祢們的院長呢？」潔弟著急地問道。
「她不見了。」平頭男孩蹙眉，神情看起來有些迷惘，「最後看到她的佳佳老師說，祂親眼看見她被槍斃，倒在地上。再接下來，祂自己也被子彈打中。可是，我們找遍了所有地方，就是沒找到院長。沒人看到她的屍體。」
「並不是所有地方吧，」吳常插話，「祢們應該離不開孤兒院吧。」
「對！你怎麼知道！」平頭男孩眉毛上揚，驚訝地說：「我們好像被看不見的牆擋住，出不去孤兒院！我們也曾試過往上飛，可是一超過屋頂，很快就會被一股吸力給吸回地面，根本掙脫不開！我們被困住了！」祂的語調轉為懇求，「所以我一看到你們來，就希望你們能帶我們出去，讓我們自由！」
「那還用說嗎！當然要啊！」潔弟毫不猶豫地回答，感到熱血在體內沸騰。
「哇好強的氣場啊。」平頭男孩先是用手做出遮擋陽光的動作，再以雙手撐起身軀往後退了些。

吳常冷眼瞥了她一眼，一副「就憑妳也敢說這句話」的樣子，對祂說：「盡力吧。」接著又問道，「祢有看見殺手長什麼樣子嗎？」

第十四章 裙房

「嗯。」平頭男孩非常配合地回答，「當時上到二樓的有……嗯……十幾二十個男人。三個、三個一組，各自對付一個小孩。其中一個負責抓住人，另一個拿槍對著他，還有另一個拿著很像挖冰淇淋的東西挖我們眼睛。有些男的拿槍把其他人趕到旁邊那裡，等著被挖眼睛。」祂指著樓梯口旁的一處角落，「只要有人逃跑或反抗，馬上就被射殺了！所以我不敢跑也不敢反抗……」男孩邊說邊低下頭，用手摸著空洞的眼睛，「沒想到他們挖走我的眼睛之後，我還是被殺了……那個時候很混亂，我又真的太痛了，還以為自己是痛死的……等到我的靈魂飄在空中，看到自己的身體時，才知道自己也是被射死的。」祂指了指自己，中彈的位置跟小虎如出一轍！

潔弟想到這些孩子在臨死前受到多大的折磨，內心該是如何徬徨與恐懼，她就怒急攻心，氣得亂揮拳，大罵道：「這群不要臉的王八蛋！就不要讓我逮到！」

「要啦要啦！」吳常肩膀上的長髮小妹起鬨道，「要打他們屁股！」

「燒他們屁股！」小虎邊說邊指著自己剛才被潔弟用打火機燒到的左邊屁股，「要用燒的！」

吳常似乎因為潔弟、小虎和長髮小妹越扯越遠、偏離主題，而感到有些不耐煩，蹙眉瞪了潔弟一眼，繼續追問平頭男孩殺手的外貌特徵。

「嗯這個嘛……他們都穿全身黑的衣服，頭髮很短，好像……都比你矮一點吧？」平頭男孩努力回想細節，「可是看起來很兇！唉，他們長得都差不多嘛！我也不知道要怎麼形容。」

潔弟心想：什麼叫長得差不多啊。又是講一些沒用的。衣服、髮型很容易改變。若是身高的話，季青島成年男子平均身高大約都在一百七到一百七十五之間，而吳常身高超過一百八。除非是一百九的小智，否則大部分的男人都很容易符合祂的形容嘛。

「還有一個看起來很聰明的人啊！」小虎補充說。

「很聰明？」平頭男孩一臉疑惑，「這我就不知道了。可能……那是在我眼睛被挖走之後，才出現的吧……」

「有講跟沒講一樣，」潔弟碎念道，「一點幫助也沒有。」

「不。室內地面上好幾處都留著污血，可是現場卻沒有留下多餘的鞋印和痕跡。代表他們行事有計劃性、乾淨俐落、毫不猶豫，有可能經驗豐富。按照祂的說法，那些殺手應是先解決掉二樓的孩子，再下去解決一樓的。在同一時間，一樓和其他棟裡一定另有其他殺手控制住孩子和老師。」吳常總結，「作風熟練又極為謹慎，外觀打扮又這麼相似，這些殺手一定是經過訓練的某組織成員。」

潔弟實在沒有太多心情聽吳常在那邊冷靜分析，只是又懼又怒地想道：就算是什麼殺人如麻的特務、行家好了，面對手無寸鐵的幼童，怎麼還能忍心下手？那麼狠心、冷血，還是不是人啊！

「如果說，是當年陳府滅門案的幕後兇手想回來滅掉什麼證據，也不需要殺人滅口啊！而且為什麼隔了快四十年才突然下手？」潔弟憤然不解道。

「很快就會知道了。」吳常的神色始終是異於常人的淡漠。

「你……你怎麼……這麼冷靜啊！你——」潔弟指著他的鼻子，心裡氣呼呼罵道：你他媽還是不是人啊！

但說出口的卻是：「你是不是顏面神經失調啊？」

「妳說呢？」吳常先是皺眉，再回以鄙視又嫌棄的表情，證明自己可以控制面部肌肉。

「稍安勿躁。」吳常仍舊冷靜地說，「我的預感向來很準確。」

「什麼預感？是小環還留有別的線索？」

「不。而是幕後主使人為了達到某個目的，這些小孩必須死。」吳常說道。話語之中，不帶一絲感情與憐憫。

「什麼！」潔弟憤怒地幾近咆哮。

她尋思道：到底能有什麼目的活剜眼珠、屠殺小孩？就算是深仇大恨也不應該啊！

現在整顆心被驚懼、憤怒、疑惑和同情給翻攪得亂糟糟的；要氣也不是，要難過也不是。

與此同時，吳常像是聽到了什麼，轉過身望著東側的教室，喚著她：「潔弟，看到什麼了？」

她也察覺到背後好像有些動靜，立刻轉頭一望。

只見漫天螢火蟲流動的冷光之下，庭院裡突然出現十幾、二十個小孩；有的乖乖坐在椅子上，有的則繞著桌椅開心嬉鬧、追逐著，還有四、五個女孩邊在地上玩著破碎的無頭洋娃娃，邊哼唱著歌。

潔弟認出其中一個綁著雙辮的小女孩，是吃了她亂灑的可樂糖的孩子之一。

「老梅老梅幾株芽？無枝無葉九朵花。」雙辮小女孩的歌聲特別清亮，「月娘一躲不出門，寧可在家關緊窗。」

潔弟驚道：「是〈老梅謠〉！難道這首童謠就是從這孤兒院裡傳唱出去的？」

同時，也因孩子們空靈的嗓音起雞皮疙瘩，頓時覺得周遭氣氛陰森又古怪，想不通祂們怎麼又突然出現在庭院裡的教室。反觀另外西面和北面的課桌椅，現在還是空空如也，一個小鬼都沒有。也不知道其他孩子跑到哪去了。

她將她看到的情景形容給吳常聽。他一副扼腕自己沒有陰陽眼的樣子，令她哭笑不得。

另一個坐在雙辮小女孩後面、看祂們玩洋娃娃的，則是剛才那位沒有雙臂的妹妹頭小孩。祂加入祂們的歌聲：「綠葉綠葉幾時綠？冬末春初翠如玉。大雨一來別戲水，潮起槽深難保命。」稚嫩幼小的祂，似乎也明白歌詞的涵義，唱歌的同時，還會隨著歌詞搖頭扭腰。

「水車水車幾回停？竹筒無泉難為引。明火一亮石成金，夜半哭聲無人影。」祂們一起做同樣的手勢唱著；左手捏住鼻子，右手穿過左手到鼻頭形成的圈圈，擺了擺手，「金山金山幾兩金？只有陳家數得清。除夕一到勿近府，」祂們接著舉起右手，做出手刀劈落的動作，「無臉殺絕不留情！」

最後一句唱得狠戾異常，令潔弟寒毛直豎。

「小環真不應該教祂們這麼恐怖的歌啊。」她環抱住自己，口氣有些抱怨地說道。

「喔，這倒是讓我想到，」吳常說，「該去小環的房間看看了。」

「喔！」吳常身邊三個小鬼發出興奮的叫聲，做出互相看向對方的動作。

明明長髮小妹和平頭男孩就沒有眼睛，也不知道祂們為什麼能看得到彼此。

「好耶，我想進去很久了！」小虎開心地在空中翻滾。

「帶路吧。」吳常對祂說。

＊＊＊

小環的住處仍然在四合院主體格局外的東側裙房，是困在陳府內的孩子們都還可及之處。小虎熟門熟路地快速帶他們倆穿過北棟和東棟建築物中間的狹窄小徑，來到一條漆黑的甬道之中。

小環住的裙房就在甬道的東邊。興許是因為陳府遭滅門當年，僥倖躲過祝融之災，而念舊的小環捨不得將之拆除改建，所以裙房外觀與陳府外牆、二進迴廊和後廂房一樣，皆仍大致保持逾一甲子前的原貌。

就小虎的說法，東側裙房總共有三個房間；南側兩間分別是廢棄的柴房和灶房，北側一大間則是小環的住處。雖然小環房門左右兩側各有扇對外窗，但裡裡外外都積了厚厚一層灰，手電筒光線大部份都被灰塵擋住了，看進去朦朦朧朧、影影綽綽的，不太真切。

潔弟跟著吳常他們來到小環房的雙開門扉之前，心裡有些忐忑：不知道裡頭會有什麼。這些小孩出於尊重都不會擅自進去，會不會其實小環這麼多年來一直都躲在裡面呢？

就在她千頭萬緒之際，吳常毫不客氣地伸出雙手施力將木門推開。

「咿——」雙開門扉應聲向內敞開，塵封已久的房間，在頭燈光線下再次重見天日。淡淡霉味撲鼻而來，潔弟皺著眉立刻捏緊鼻子，伸長脖子往裡頭張望。

房間深度比潔弟想像得淺，與食堂一樣，都是窄長型的開放式空間，站在門邊便能看出室內大致格局。門一進去是以木質鏤空屏風將客廳虛掩，屏風到門扉之間的空間充當玄關。而屏風後方右邊則是客廳。如果廁所格局與六十年前相同的話，那位置就會在客廳與柴房之間了。而屏風後方左邊則是書房和寢室，但兩者之間以另一道實心的三片式木屏風隔開。

小虎在吳常開門的瞬間，就一馬當先地往屋裡右邊橫衝直撞；吳常肩負著長髮小妹，與平頭男孩一同隨著小虎進客廳；潔弟則因為有些膽怯，在看得到吳常的情況下，站在玄關屏風那裡一邊等他們，一邊東張西望地打量屋裡各處。

裡頭裝潢、擺設雖古色古香，頗具傳統四合院之美，但傢俱、用品明顯簡樸許多，不似陳府外牆那般豪奢氣派。潔弟想，小環應該是沿用了不少以前傭人房的傢俱吧。

吳常繞了一圈回到屏風來，對潔弟搖頭表示沒有收穫。她見屋裡沒什麼異樣，便稍稍安了心，跟著他往右邊的書房探看。

第十五章
將進酒

室內空間小，頭燈光線將裡頭照得猶如白晝一般明亮，空中無數飄蕩的塵埃不時反射著熠熠光亮。

出乎潔弟的意料之外，像陳小環那樣從未受過正規教育、上過一天學的女人，書桌兩旁竟立著好幾個大書櫃，桌案上擺放著許多手寫的紙張，字跡娟秀，與內院東側教室黑板上寫的〈木蘭詩〉字體非常相似，只是工整許多。細讀下來，這些應是作為教材的講義。

潔弟想，陳若梅若是知道自己當年教小環識字，不僅能讓她日後有機會自修、擺脫胸無點墨的人生；更有能力啟發、教育無數的莘莘學童，應該會很欣慰吧？

畢竟孤兒院裡多數孩子皆身有殘缺，若是目不識丁，將來長大成人既不能從事勞動工作，亦無法辨公，實在難以生存。

就在潔弟兀自感動的同時，吳常突然開口：「君不見黃河之水天上來，奔流到海不復回？」

「啊？」甫回神的她，還有些茫然，「什麼啊？這是……〈將進酒〉？講這個幹嘛？這麼突然。」

〈將進酒〉是盛唐詩仙——李白，依漢樂府的曲調所創的勸酒歌。原為「翰林供奉」的李白，因不懂抱權貴大腿，遭排擠、詆毀而被唐玄宗「賜金放還」；給錢叫他滾。他自認懷才不遇又無所事事，而寄情山水、飲酒作樂，實為借酒澆愁、興詩情。在這首〈將進酒〉中，抒發滿腹的委屈與憤慨。

「可能是小環留的線索。」吳常說道。

他指著窗框下方與桌上立著的一排書中間，一小塊寫得密密麻麻的灰牆，不仔細看還以為那是一塊污漬。牆上字跡歪斜，應是因為壁面凹凸不平所致。

因為字小、位置又低，潔弟瞇著眼湊上前看，沒幾秒便覺脖子開始發痠，乾脆坐在椅子上看比較輕鬆。

上頭用鉛筆寫的詩歌篇幅很長，但吳常只念第一行一定有原因。有了前次解讀〈木蘭詩〉的經驗，潔弟特別將其看得仔細，以免又漏掉什麼細節，被吳常瞧不起。

〈將進酒〉歌詞好幾段，最長的便是前兩行，寫得較小、較密很正常。不過細看之下才發覺，第一行歌詞重複了兩遍，第二遍取代了原本的第二行：君不見高堂明鏡悲白髮，朝如青絲暮成雪。

吳常見潔弟表情便知她已看出問題，點頭說道：「沒錯。如果不是坐在椅子上，一般人不會特別注意到歌詞有誤。」

只是這下她就更不明白了。一會〈木蘭詩〉，一會〈將進酒〉的，這兩首樂府詩看起來一點關係也沒有；即使在看出端倪之後，還是一點關係也沒有。

「難道是我們還缺了什麼線索，所以沒辦法把兩者拼湊起來？」潔弟疑道。

「再看看吧。」吳常神色泰然地說。

潔弟心想：奇怪，平常我們隨便講幾句話，他馬上就不耐煩。可是一查起案子，又變得這麼有耐心。真是個怪咖！

他接著彎腰，從桌前的木頭軒窗往外看去：「潔弟，妳看，這就是陳府斷頭案發生當晚，陳小環曾偷偷進出的東側偏門。」

她順著他的視線朝外看。窗櫺與陳府東側外牆只一條狹長甬道相隔的距離。而他指的，正是這道長牆中間的一扇厚實木門。

「原來就在那裡！」她驚道，「我們快過去看看有沒有什麼線索！」

就在她說話之際，眼角餘光瞄到有個白白的東西陡然出現在書房與臥房的交界、屏風的邊緣。那是一張自陰暗深處探出來，幽怨地盯著她看的臉！

祂保有雙目、滿臉鬍渣，一個彈孔不偏不倚地處在眉心中央，絲絲黑氣不停從中滲出，像是祂心中道不完的痛苦與憎恨。

「啊！」她被祂嚇得不輕，當即放聲尖叫。

長髮小妹不知道是被祂嚇到還是被潔弟嚇到，也跟著哭叫起來。平頭男孩與小虎面面相覷，像是不知該如何是好。

眼前這面屏風每片上下部份皆為百葉造型，中間以實木框隔開，光線從書房投射過去，只進不出。

雖然潔弟只要湊到百葉木窗前就能窺探後方，可是她不敢，只是反射性地躲到吳常背後，忙道：「有個男的……在屏風後面……」

「真可惜，我都看不到。」吳常說話帶著濃濃的嫉妒口吻。

說是這麼說，他還是一個箭步抓著屏風往外掀開，另一手拿手電筒照著臥房裡頭。同一時間，那抹幽魂也在瞬間消失。

「啊！」潔弟又大叫一聲，「你幹嘛！」覺得自己遲早會被吳常突然的進擊給嚇死。

下一秒，一張雙頰慘白凹陷的臉突然出現在潔弟面前，距離之近，她的鼻尖都能感受到祂彈孔滲出的冷冽怨氣！

「是不是在妳那……」祂頭硬生生轉了一百八十度，吊著白眼瞪她。

「啊——」她歇斯底里地嚎叫，往後彈跳開來，撞到椅背的瞬間差點膀胱失守。

潔弟心裡罵道：哎好痛！哪裡闖進來這個怨氣沖沖的鬼啊！

「老師不要……」長髮小妹抽抽噎噎地說，「阿明老師……」

潔弟一聽，訝然想道：原來祂是老師！

剛才看祂是大人又四肢健全，與這專門收容殘障孩童的孤兒院格格不入，才沒想到祂有可能是在這裡任教的老師。

潔弟心裡疑惑道：不過，祂的神情為什麼這麼幽怨、怪異啊？

「老師！」平頭男孩忙道，「他們不是壞人！祢不要誤會！」

「老師祢不要這樣啦！」小虎也跟著喊道。立即閃身過來，處在阿明老師和潔弟之間，以手努力抵住祂。

「是不是在妳那……」阿明不放過潔弟，依然帶著怨毒的眼神對她說，「把錢給我……那是我應得的……」

「怎麼辦啦！老師壞掉了啦！哇——」長髮小妹嚎啕大哭起來，比潔弟還害怕許多。

「這裡沒有錢啦！佳佳老師不是跟祢說過了嗎！」平頭男孩也瞬間移動到了阿明老師身旁，扯住祂的衣角，不讓祂前進半分。

這究竟是怎麼一回事？潔弟心中的納悶更甚了。

「怎麼會沒有！錢都到哪去了？」祂發狂地扭動著身軀，一下子就將小虎和平頭男孩甩得老遠。

「我每個月月底也有相同的感慨啊！需要這麼激動嗎？」潔弟嚇得眼眶泛淚地說。

「哎呀，阿明啊，祢怎麼又來亂翻院長的房間啦？」一抹幽魂突然出現在書桌前的窗外。言語雖是責備，但口氣聽起來很慌張。

接著穿過牆壁和書桌，來到阿明老師跟前。是位戴著方框眼鏡、髮長至鎖骨，個子與潔弟差不多高的女人。同時潔弟也注意到，祂也有眼睛！

「小惠老師！」小虎喊道。

「為什麼不行？院長都拋棄我們落跑了，」阿明情緒激動地講話都出現方言腔，「我為什麼不能翻這的東西？她欠我的薪水都還沒給我！」

「院長不是那種人啦！」小惠老師緊張地解釋道，「佳佳不是跟祢說過好幾次了嗎？她已經去世了。再說，院長也不是故意不給祢薪水，實在是因為經費快要用完了，剩下的一點錢是飯錢，怎麼能發放出去呢！」

「那是陳小環詐死吧！」阿明老師憤憤地說，「所有人死了之後，魂魄都被困在孤兒院裡，為什麼只有陳小環不在？而且她的屍體咧？我找遍了院內上下都沒看到！」

「叩叩叩！」身後傳來一陣敲門聲。

「我們進來囉！」一個如春風般溫柔的女性嗓音自玄關處傳來。

「門都打開了，祢是在敲什麼門啊？」另一個講話嗓門高亮的女子說道。

回頭一望，恰巧撞見懸浮在玄關處的大虎、白衣女鬼和紅衣女鬼同時消失。一眨眼，三鬼立即在小惠老師身旁出現。與大虎不同，兩個女鬼也都還保有雙目。

難道只有孩子會被挖掉雙眼？潔弟先是這麼一想，又因這個駭人的想法而渾身抖了一下。

「現在是怎樣！講不聽是不是！」紅衣女鬼不客氣地戳著阿明老師的胸膛，兇巴巴地說。

祂留著男性般的短髮，看起來乾淨俐落、英姿颯爽，與潔弟對於紅衣厲鬼的刻板形象大為不同。

「我……我就是想拿點值錢的東西……」阿明老師畏畏縮縮地說道。祂接著緊張地看著白衣女鬼一眼，神情很是害羞、不知所措，與剛才的舉止實在判若兩人。

「唉阿明，」白衣女鬼嘆道，「祢怎麼就是講不聽呢？」這位女子談吐溫婉，氣質脫俗。及腰長髮不時飄動，更顯仙然。大虎則乖巧地由祂牽著，不發一語。

「佳佳老師！」小虎和長髮小妹齊聲喊道，同時隱沒又現身在白衣女鬼身旁，緊緊擁抱著祂。

「雯雯老師，」平頭男孩對紅衣女鬼說道，「他們不是壞人，是來查案的！」

「喔？」雯雯老師挑了挑眉，叉腰打量起他們，不信任之意溢於言表。

「看你們的打扮也不像是警察啊，你們是誰啊？」小惠老師怯生生地問道。

「我們剛才來的路上已經聽大虎說過了。不論如何，至少他們看起來沒什麼戾氣。」佳佳老師邊撫摸著孩子們的頭說道。

經過吳常和潔弟的一番誠懇解釋，與平頭男孩的適時補充，四位老師們才好不容易被說服，相信他們的話。除了精神不太穩定的阿明以外，三位女老師都願意幫忙查明案情。

第十六章 不速之客

穿著寬鬆、暗紅上衣的雯雯初時對吳常、潔弟最是戒備，一旦卸下心防，很快便展現熱情親切的本性。祂對他們露齒而笑說道：「總算有人來了！唉，你們都不知道，待在這裡度日如年，感覺都過了好久。」

「就是說啊，這裡永遠都是天黑，我們已經對時間失去概念了，」小惠推推眼鏡，「潔弟啊，現在到底是幾月幾號啊？」

「八月二號。」潔弟想都不用想就回道。

「啊？不可能啊！」雯雯與其他三位老師面面相覷，「那些殺手闖進來的時候，已經是八月十五了！」

「對啊，該不會已經過了一年了吧？」小惠錯愕地說。

「有那麼久嗎！」雯雯一臉不可置信，「為什麼都沒有人進來找我們？」

這句話聽起來令人煞是感傷，潔弟實在不忍對祂們說，距離迷霧初籠老梅村，已經過了整整二十五年了。

最後還是吳常開口簡要說明外頭的劇變，祂們才在震驚與迷惘中得知事情的經過。

「反正現在誰來也沒有用！我們都死了！」阿明老師自暴自棄地說。

潔弟仗著大伙都在，又看阿明對佳佳有好感，再加上祂似乎滿怕雯雯的，不敢在祂們倆面前生事，立即反唇相譏：「祢也知道祢死了，還一直斤斤計較著薪水幹嘛？」

「話不能這麼說。我當初進孤兒院教書，就是為了要追……佳佳的。」阿明囁嚅道，「結果人沒追到，還要幫孩子把屎把尿。最後一毛錢也沒拿到就先被殺死了！我真的覺得自己虧大了！」

小惠、佳佳和雯雯一同向潔弟和吳常說明院內慘遭毒手前的狀況。

當時院裡早就超收，只有院長、四位老師和三位打雜阿姨在教育和照顧超過一百個孩子。不論是人力還是資源上，都遠遠超過負荷，所以才會有大孩子要幫忙照看小孩子的狀況。幸好院內的孩子們雖然有些調皮，但大抵都還算懂事，不會亂出什麼岔子。

可惜老師們所能提供關於殺手的線索沒有比平頭男孩講的多。案發當晚，阿明老師在北棟辦公室裡遭射殺。而小惠和雯雯在北棟後面的後廂房宿舍中照顧小嬰兒們，等著阿姨煮完飯來接手，卻只等到殺手的子彈。佳佳和院長則在甬道往後院的路上遇害。不過，祂們都沒注意到小虎提到的「看起來很聰明的人」。

據吳常的推測，當年的屠殺行動陣仗不小。殺手至少要三十人以上才能分頭進行，如此才能在短時間內將整所孤兒院控制住。

同時，老師們也都對殺手們活挖孩子眼睛這件事感到氣憤與不解。祂們同意吳常的話，認為那些眼珠一定別有用途。

為了幫助吳常尋找其他線索、盡快釐清案發當晚的經過，雯雯決定帶他們再去他處看看。

屋外不時有小孩的嘻笑與跑步聲，所以當潔弟跟著大家走出小環房間時，並不意外看見幾個孩子在玩鬧、追逐。看著身材幼小的祂們身上的彈孔，她感慨地想著，這些天真、樂觀的小孩似乎不為死亡的陰影所籠罩，像是這場慘無人道的屠殺從未發生一般，仍舊笑得如此開懷、過得這麼無憂無慮。

甬道連接後院的盡頭，突然從內院方向飛來幾隻螢火蟲，周圍霎時亮起冷冷的光暈。後頭追來一個身形約莫三歲的小女孩，祂背對著潔弟，手上好像拿著什麼小東西。距離太遠，所以潔弟也看不清楚。

當那幾隻螢火蟲各自飛升、四散，小女孩愣了一下，像是突然失去某個玩具，又低下頭看著自己手上的東西，再將之舉起。忽然間，祂就被許多泡泡給包圍。

潔弟終於看懂，心想：原來是在吹泡泡啊。

小女孩被滿天飄浮的泡泡逗得咯咯笑，追著泡泡跑，沒幾步就忽然跌倒。潔弟看了忍不住驚呼一聲，小女孩聽到她的聲音，轉過頭來衝著她咧嘴而笑，卻是眼窩虛空如墨，雙頰凹陷，皮肉已腐。

潔弟感到一陣毛骨悚然，心頓時涼了半截。此等空靈的笑聲和慘不忍睹的容貌，不論看幾次都會覺得駭目。更可怕的是，祂喚起了她好幾年前的記憶！

十六歲那年，潔弟出了一場死傷慘重的連環車禍。老師父為了救她，以十年壽命為代價，闖入時域。當他帶著她逆行混沌、重返陽間時，經過的善域，便是見到這個小女孩！

當年穿梭混沌的驚險遭遇，與眼前情景如此相似，潔弟不禁心亂如麻：這是怎麼回事？我為什麼會在這裡看見混沌七域的景象？難道這其中蘊藏了什麼涵義嗎？

還來不及理清頭緒，吳常便先突然開口：「潔弟。」

「啊！」她嚇得彈跳起來。

「妳瞳孔放大、冒冷汗。又看到了什麼？」他問道。

「沒……沒什麼，」她拍了拍胸膛，「就看到一個吹泡泡的小女孩……很像……以前老師父帶我還魂的時候，穿過『善域』時的景象。」

「喔？」他揚起一邊眉頭，相當感興趣的樣子。

「噓！」雯雯用食指抵住嘴唇，要他們安靜。祂看向南方，眼神充滿防備。

吳常一手關掉自己的手電筒，一手切掉潔弟的頭盔燈光。霎時周圍一片黑暗，伸手不見五指。潔弟這時才注意到，甬道裡的螢火蟲早就都飛走了。

「老師，我怕！」長髮小妹撲向佳佳。

「天啊……那是什麼……」小惠輕聲說道，肩膀顫抖了起來，看起來既緊張又害怕。

「殺氣！」佳佳安撫著長髮小妹，蹙眉說道。

潔弟聽不懂祂們在講什麼、又在怕什麼，心裡只是疑惑：為什麼雯雯要大家安靜，大家還一直講話？那我到底要不要閉嘴？還是只有鬼可以講話，生人不能講？

就在她要開口問大家時，方才在二院玩耍的雙辮小女孩突然穿過東棟的宿舍，來到甬道裡，著急地叫道：「老師老師，又有人進來了！」

「從哪裡？」雯雯急問。

「大門！」雙辮小女孩說。

「幾個？」

「嗯……」小女孩有些遲疑，「不知道啊，我看到人就馬上過來了。」

「誰來都一樣，別擋我財路！」阿明再次發了瘋，又回到小環房間到處翻找可能值錢的東西。

此時雯雯也沒心思理阿明了，只是問吳常、潔弟：「來的是你們的同伴嗎？」祂的外貌開始有些變化，但潔弟一時之間說不上是哪裡不同。

潔弟搖搖頭，不確定是不是志剛擔心他們，跑進來找人。

「不是，」吳常想也不想就說，「倒有可能是進來將我們兩個滅口的。」

潔弟瞪大了眼睛，錯愕地看著他：那你反應也太平淡了吧！

「你們躲好，我去看看！」雯雯交代著。

「我也要去！」大虎鬆開牽著佳佳的手，跑向雯雯。

「太危險了吧！」潔弟脫口而出。

「別擔心，」雯雯牽住大虎，回頭對潔弟爽朗一笑，「都已經死了，還有什麼好怕的！」

接著兩魂順著甬道向南方跑兩步，瞬間消失在空氣中。

「我們要躲哪？」潔弟以氣音問道，緊張地環顧四周。

「保險起見，你們還是分開躲吧。我跟小惠會各自在旁邊幫忙。」佳佳提議道。

「好，」吳常不知道從哪裡掏出一把手槍，拉開保險，毫不遲疑地說，「事不宜遲，潔弟跟著小惠。佳佳，我們走。」

潔弟啞口無言，目送吳常和佳佳消失在通往東邊側門方向的路口，心想：竟然答應得這麼乾脆！根本就是看人家佳佳長得正嘛。哼，膚淺的傢伙。咦不對，他看不到祂們啊。好吧，我想太多了……

「潔弟潔弟！天哪，都什麼時候了，妳還在發什麼呆呀！」小惠慌張地說，「快跟我來！」

潔弟立刻回神，點點頭，跟著祂往後院方向移動。

第十七章
後廂房

吳常順著東側甬道一路往宅院東南角的屏門挺進，步伐迅捷卻悄無聲息，一點也不似需要佳佳幫忙引導、帶路的樣子。

佳佳跟在他身旁以等速飄浮著，有些擔憂地說：「你確定這個方向是個好選擇？這是往大門的方向啊。過了屏門，就是大門了。」

吳常不出聲，只是點頭示意。他就是想知道來者何人。

剛才怕潔弟多事、瞎操心，所以刻意先繞到裙房後面的甬道。等到她轉身往後院跑去，他才開始行動。他的目的就是要在意外的訪客找到她之前，先一步攔截。

不論來的是誰，絕非善類。要是讓他或他們先遇到潔弟，絕對沒有好下場。不，絕對沒有活路。

他來到這條甬道的盡頭，止住了勢，蹲在灶房後方的牆角，抽出一張不鏽鋼鏡面撲克牌，打算照看轉角前方的狀況時，佳佳壓下他的手說道：「不用那麼麻煩，我幫你看看吧。」

吳常點頭同意。

佳佳先是探頭張望，確認屏門之後的兩條甬道都沒人，才又來到屏門前。雖然照理來說，像潔弟那樣有陰陽眼的人是少數，大部份的人應該都看不見祂們，但為了以防萬一，謹慎如祂，還是只在門上露出雙眼睛窺探宅院的大門玄關。

街門與影壁中間站著一個挺拔的黑衣短髮男子，手持步槍，頭戴單目夜視鏡，面朝宅內，不時來回掃視，卻又一直佇立在原地不動。

佳佳注意到他渾身都被一抹淡淡的螢綠光芒包圍，煞是奇怪。而光源似乎是來自他的胸口，令佳佳有些防備，又有些好奇。

祂先是謹慎地稍稍抬頭，對男子小聲喊道：「喂！」

接著又馬上蹲下，只留雙美目在屏門上緣觀察。祂見那人沒有半點反應，似乎沒聽到祂的呼喚，就更加大膽了些。

「喂！我在叫你啊！」祂大聲叫道，舉高雙手在門上揮了揮。

短髮男子依舊沒有反應。於是佳佳穿過屏門來到他跟前，繞著他打轉。那冷光的中心好像是個如茶包一般、裝得鼓鼓的黑色小布囊，由紅線串著掛在男子頸上。

佳佳心裡疑惑：那個小東西應該很輕吧？不然沒辦法掛在脖子上。可是，那會是什麼呢？

雖然這名陌生男子看不見祂，祂卻也不敢造次，只是慢慢伸手去觸碰那個小布包。

豈料，祂才剛接近男子最外圍那抹幽光時，手與光之間，居然登時燃起青火，五指在瞬間就遭烈焰焚蝕！

「啊——」祂吃痛哀嚎，倒退穿過屏門，再次回到甬道。錐心刺骨般強烈的痛楚，令祂感到隨時會魂飛魄散！

祂將手臂抬高至面前，赫然發現整個右手掌都在眨眼間被那無名青火給燒沒了！

但同時，祂也注意到，一旦遠離那抹青綠光芒，火焰就不會再蔓延上竄，那股灼痛的感覺也會馬上消退。

佳佳當下真是急的像熱鍋上的螞蟻，不知該如何是好；既想幫助吳常，又想回去警告大家；千萬不可輕舉妄動、靠近那些陌生人。

「吳常！」祂回頭找他商量，「大事不好了！」

只見吳常仍舊蹲在角落，但位置些微不同，他鎮定地對祂比了聲「安靜」的手勢，目光銳利、專注地盯著方才來時的甬道彼端。

***

方才佳佳探頭朝玄關處察探黑衣男子的同時，蹲在牆角的吳常，聽到後方的甬道突然傳來細微的聲響。

他立即閃到轉角的另一邊，抽出鏡面撲克牌立在地上察看，先確認來人是否使用手電筒等照明裝置，再決定是否戴上夜視鏡。

來者正從吳常剛才經過的宅院東側門緩步跨過門檻、進入甬道。他的步伐雖輕，卻仍在攏音效果奇佳的甬道中回響起短促的腳步聲，足夠供吳常判斷出：來者只有一個。同時吳常也注意到，對方踏進甬道的瞬間，有個非常小的綠色光點先是自裙房後牆掃到他背後那堵青石牆，接著再逆掃回去，往反方向的後院射去。幸好鏡面撲克牌的位置放得夠低，一旦不小心被照到、反光，豈不等於暴露吳常的自身位置。

吳常判斷，對方舉著的槍上頭裝有綠色雷射瞄準鏡。那麼一定也已經戴上夜視鏡。漆黑的環境對吳常來說不是問題，出色的方向感和距離感是他的優勢，不需憑藉手電筒照明，便可在無光的甬道中急速奔跑、定位。但是面對把自己當靶心的殺手，只有這兩項可就遠遠不夠了。

殺手今天撞上吳常也是倒楣，尖端科技從來是他的主戰場，尤其是軍武。

吳常自外套袖中的隱袋取出輕型夜視鏡，將之戴上。與潔弟的不同，他的夜視鏡造型較像全黑消光蛙鏡，鼻翼兩側開孔中有著目鏡，兩頭上方各裝置微型紅外線照明器。續航力長達七十二小時的奈米電池則是裝在後腦勺，以平衡前後重量。不同於一般夜視鏡，吳常的之所以能做到厚度如此之薄，是利用先進薄膜技術將「光放管」；光子轉電子的影像增強管，壓縮至 3 mm的緣故。

吳常眼睛雖盯著對方，手的動作卻沒停下，同時從頸後的領子下方拉開其中一個暗袋，拿出消音器熟練地裝在槍口上。

那殺手在東門掃視一圈後，確認無人，便鎮守原地，不再移動。

吳常心想：東西南北四道門應該都有人把守。如此謹慎確保無漏網之魚，值得肯定。

「吳常，」佳佳突然喚他名字，「大事不好了！」

＊＊＊

吳常先制止佳佳慌亂的喊叫，仔細觀察守東門者的反應。

方才吳常自己聽得見佳佳發出一連串的聲音，包括大叫聲。守大門玄關處和守東門的殺手若不是置之不理，便是真的都沒聽見。經過細察，他認為後者的可能性更大。

但是為什麼這兩個殺手聽不到鬼魂的聲音？無論如何，既然這兩人的目的是守門，那麼威脅性就是次階的。首要任務是先解決進院搜尋的殺手。吳常思酌著。

「什麼事？」吳常對佳佳低聲問道。

佳佳立刻將剛才發生的經過，原封不動地告訴吳常，並且問他，他們現在到底該如何是好？她想要馬上去警告大家。

吳常猜測：「祢說的小布袋或許是護身符一類的東西。護身符可能可以阻絕鬼魂的侵擾，所以配戴的殺手完全感覺不到祢們；既聽不到祢，也看不到祢。」

「護身符！」佳佳驚道，接著又表情悵然地說，「我⋯⋯」

雖然祂已死，但長期身處與世隔絕的環境之中，祂並沒有真正認知到自己「已為鬼魂」；一下子尚不能接受自己已成了生人心中，需要配戴護身符加以辟邪的對象。

吳常繼續說道：「祢先不要輕舉妄動。祢們不但傷不了那些配戴護身符的殺手，反而會被符給傷到。先小心掃過全院，回來告訴我這一伙總共有多少人，再去通報大家。之後就是我的事了。」

他態度冷靜沉穩，佳佳也連帶地很快就鎮靜下來，立刻答道：「好，交給我。」

＊＊＊

潔弟邊跑邊自頭盔上緣拉下面罩，開啟夜視模式。

據吳常說，數位夜視鏡系統就內建在頭盔之中，只要將透明強化玻璃面罩放下來，開啟夜視鏡功能鈕，便能在面罩上看到清晰的成像。這類夜視鏡可以大幅改善一般夜視鏡常見的問題；中間清楚、周圍模糊。

「潔弟，」小惠邊在她身前飛，邊叮嚀道，「待會不管看到什麼、發生什麼事，妳千萬不要緊張、不要害怕、不要出聲喔！」

「嗯，我盡量。」潔弟咬牙說道。

「這樣不行啦。妳看妳，才剛跟妳說完，妳就出聲了。」小惠回頭看她一眼，滿臉擔憂。

潔弟心想：天啊，祢比我媽還囉嗦啊！

她們來到甬道盡頭，右轉切進後院。從這裡能看到水泥砌成的北棟後牆，以及對面建築風格與裙房相似，但佔地更寬闊、建材裝飾更顯雍容華貴的後廂房。按照吳常在出發前向潔弟跟志剛的說明，這裡以前是陳家么妹若荷與入贅夫婿的寢居，以及陳老夫人生前的故居。而現在，則是老師們方才提到的教師、阿姨宿舍。

潔弟想，小惠的想法應該跟她一樣吧？這陌生的訪客有可能從大門進來之後，就一路沿她和吳常剛才的行進路線，先過屏門進到外院，再穿過垂花門進到內院。所以她們現在不可能再走回剛才的內院，躲進東、西、北三棟長房了。

由於北棟的背面沒有門可進入，所以眼下不是繞過北棟，到西側的甬道，就只能躲陳府最深處的後廂房了。

「這邊！快跟上！」果然，小惠引導著潔弟往教師宿舍移動。

宿舍的門與小環房門、北棟諸門相同，在二十幾年的歲月中都未曾闔上。

在進去的前一刻，潔弟突然心揪了一下。一是她開始擔心，裡頭是否真有地方能容她躲藏；二是那股更為腐朽濃重的味道，自門縫中飄散出來，令她直覺裡頭有異，而有些抗拒入內。

小惠一溜煙地衝進後廂房之中，半秒後又探頭、伸手出牆面，忙道：「快啊！快進來！別怕，我在！」

潔弟刻意轉頭背對門戶，深吸一口氣，才憋氣轉過頭，輕輕將門推開。

室內溫度驟降，潔弟無來由地感到一陣刺骨的寒意，猛烈地令她牙齒幾近打顫！

怎麼這麼冷？潔弟錯愕地想。

她縮起肩膀、環抱住自己的瞬間，不小心吐出胸腔內的空氣，反射性地又吸了一口。萬萬沒想到，一股腥腐之氣就這麼突然直衝腦門！

好臭啊啊啊啊啊——

這裡的味道比剛才東棟的廚房和宿舍還重上許多，她頓時被熏得頭昏眼花、重心不穩，差點被門檻絆倒、摔出門外。那股味道之臭，害她幾乎有那麼一秒腦袋是空白的。隨之而來的是頻頻反胃的噁心感。要不是因為不能出聲，她肯定把畢生絕學的髒話傾囊相與，把小惠罵到灰飛煙滅。

潔弟心裡罵道：媽的這間也太臭了吧！小惠祢最好是有很好的理由把我帶進來，不然我肯定燒祢屁股！

她立即將手伸進面罩裡，捏住鼻子，很認真在思考究竟要不要再另外戴上防毒面具。同時，眼睛也在四處搜尋小惠的蹤影。

透過夜視鏡放眼望去，赫然發現屋內堆放極為大量的木柴和碎布。從房門兩側深處堆到玄關，堆疊的高度比她還要高，好似綿延不斷的稻草堆。

除了牆邊高度幾乎齊天花板的櫥櫃與窗上的窗簾桿以外，木柴下方也能看到一點傢俱擺設，但大多都被木柴隱沒其中，看不見全貌。

她錯愕地心想：這是怎麼回事啊？為什麼木柴要堆在這裡？而且還堆這麼多？

第十八章
屍堆

「潔弟，這裡！」小惠喚道。祂在宿舍東側的深處向潔弟招手，身體騰空飛至木柴堆的上緣。

「喔。」潔弟反射性地點頭回答，一下子就忘了前兩秒還因祂帶她進這滿屋子惡臭的宿舍在生祂的氣。

「噓！」小惠急道。

潔弟一開口就馬上意識到自己的錯誤，便不好意思地搔了搔頭，面露歉色地看著祂。

屋子裡到處都堆著木柴，即便是柴堆邊緣也是寸步難行。身處危急時刻，潔弟又怕踩到會滑倒，只得張大眼睛仔細看準枯枝間的空隙，繞過一個又一個的柴堆，竭盡所能快速落腳前進。與小惠不過二十公尺左右的距離，總覺得好像走了快十分鐘那麼久。

與此同時，潔弟開始聽到外頭有些低沉的窸窸窣窣聲，而且越來越近！

那是什麼？

她下意識感到緊張，既想立刻衝到僅剩幾步距離的小惠身邊，又怕自己的行蹤會被發現，只好先蹲低身子，暫時不再往前移動。

就在分神的瞬間，落地的左腳不小心踩到一段樹枝，她立刻向前撲倒，一大片柴堆順勢往東垮落，發出「喀啦喀啦」的聲響！

「啊！」小惠看得失聲尖叫，慌張的好像隨時會哭出來，「妳小心點啦！」接著擔心起屋外的狀況，便探頭出去察看。

潔弟先是因自己的愚蠢而懊惱不已，卻在爬起身、穩住身子的剎那，因眼前景象而嚇得呆愣在地。

她心裡瘋狂吶喊道：天啊！這不是木柴！這些全都不是木柴！

這下總算明白為何小惠剛才萬般囑咐她，要她不要害怕的原因。原來屋裡濃重的臭味是來自一片屍體！一片密密麻麻的兒童屍堆！

潔弟目瞪口呆地望著眼前恰巧與她面對面、倒掛著的小小乾癟頭顱。她想到剛才自己的臉貼著那空洞的眼窩，便感到一陣遍體冰涼。

面前的這具屍身因下層的屍堆崩塌，而頭下腳上地自上層滑落，可能在下滑時身體有部份再度被其他屍骨卡住，所以不再墜下。

屋子裡的屍體皮肉都已腐爛殆盡，只剩下樹枝般的骨骸與沖天的惡臭。她以前從不知道小孩子的骨頭是那麼的細小。

而那些摻雜在屍體之間的碎布，應該是祂們死前穿的衣服。隨著時間的洗禮已經氧化、分解得差不多了。二十年前屠殺發生時，是在炎熱的夏夜，也許有些幼童沒穿上衣，所以屍堆裡的布料沒那麼多。

潔弟之所以特別注意到眼前這具屍體，是因為它身上的一片碎花布與兩側耳際垂下的辮子。

它就是那個吃了可樂糖，甜笑地向她道謝的小女孩！

一路上因幼童慘遭殘殺所激起的滿腔憤怒，瞬間像是被打來的滔天巨浪給淹沒，只剩下無邊無際的恐懼與憂傷：這麼多、這麼多的屍骨！難道院裡的孩子真的全都……

潔弟的眼淚幾乎快要奪眶而出的同時，小惠的頭突然又縮回屋內，著急道：「糟糕糟糕！有個男人過來了！還拿著槍啊！快啊！別發呆！」

潔弟急忙踮腳在屍骨間大步跳躍前進，衝到小惠身邊。

「快快快！爬上去！」小惠指著天花板，「上面每一片木板都可以推開。妳趕快躲進去再把木板蓋起來！」

頭頂上方是由交錯屋樑頂著的木室，樑與樑之間還有較細的木框隔成好幾個方形木板。這類型狹小低矮的空間通常都是作為儲藏之用。她想，就算自己真能上得去，恐怕只能勉強以蹲姿或趴伏躲藏。

小惠一手拉著潔弟，一手指著木室下方、從屍堆中露出的一截桌角說：「踩這裡。」

「沙沙沙！」外頭的腳步聲越來越大。潔弟再遲鈍也聽得出那急行的腳步離她們不遠了。

「來不及了！」小惠尖叫道，「快蹲下！」

潔弟連忙屈膝蹲下，將自己藏在屍堆之中。

這時，周遭的骨骸中突然亮起幾簇青幽的鬼火。潔弟雖然知道那是磷化物的關係，但此情此景看來還是如此令人感到孤寂絕望。

鬼火甫熄滅，門即「咿──」緩緩被朝內推開。隨之而來的是跨過門檻、低沉而有力的腳步聲。

心彷彿漏跳了一拍，潔弟瞪大雙眼，摀住嘴巴心想：進來了！

＊＊＊

佳佳很快就回到吳常身邊。

依孩子們的回報和祂自身的觀察，現在東、西、北棟都各有兩人在裡面搜尋，另外有一人經內院進到西側甬道搜索未果後，正回頭往後院方向前進。而三處側門正如吳常所料，確實都各有一人鎮守。這次登門的十一個人身上都帶著槍，穿著、裝備也雷同，應是同伙人。

吳常琢磨道，人數分配如此精確，幕後主使人若不是二十五年前下滅口令的人，便是透過某些管道掌握當年的行動資料，並且企圖掩蓋當年這場巨變，讓這起屠殺行動永遠無法重見天日。而這批入侵的殺手一定會在府內發現兩組新腳印，確認至少有兩人在此。也就是說，在還沒找到人之前，他們應該不會輕易離去。雖然東邊裙房一帶暫時安全，但殺手掃過目前所在的區域後，一定會來搜尋這裡，所以眼下這兩條甬道都不能久待。

「知道了。祢可以走了。」吳常面無表情地對佳佳說，「謝謝。」

外貌動人脫俗的佳佳向來習慣別人殷勤、熱切地對待自己，面對長相清俊秀逸，態度卻如此冷漠、不近人情的吳常，祂有些不知所措，感到一股莫名的悵然若失。

「嗯，那你……」佳佳有點不太放心地說，「小心點。」

畢竟現在狀況危急，祂見吳常不再搭理自己，縱使有著一絲失落，仍立刻轉身離開，前去警告大家。

站在牆角的吳常兀自想道：兵貴神速。現在離開，前去解決後院殺手是最好的時機。但在此之前，須先解決最佳路徑上必經的東門守衛。

戰略擬定，他將手槍放回位於背後、西裝外套下的槍套之中。雖然槍口已安裝消音器，但不能完全消除射擊時的噪音和火光。尤其是在這甬道之中，一點細微聲響都能讓人馬上察覺，何況是訓練有素的殺手。除非對方先開槍，否則吳常不會輕易主動開火，以免引來其他殺手的圍剿。

吳常心想：就來看看你的定力如何吧。

他從褲子口袋中掏出與對手裝備相仿但體積更小的微型雷射光瞄準器，將之以特殊角度固定在甬道底端的牆面上，再收起夜視鏡。

接下來，以藍芽控制器開啟瞄準器。

一個螢藍色的光點突然出現在東門的殺手胸膛之上。

殺手馬上就注意到，低頭輕呼一聲，隨即閃身避開光點，警覺地環視周圍，尋找光源。

但視線所及的漆黑甬道中，沒有其他人。

「喀啦！」甬道南邊突然傳來腳踩在碎石上的聲響。

「自己先露餡了。」殺手鄙夷一笑。立即舉槍挺身往該處快步前進。

吳常細細聆聽步伐的聲響，判斷對手前進的速度與距離。

就在殺手距離甬道底端剩不到五公尺的距離時，一道來自強力手電筒的刺眼白光突然直射過來，令戴著夜視鏡的殺手瞬間暴盲！

很好，缺乏實戰經驗。吳常見獵心喜地想道。

他先發制人，在殺手還來不及反應之前，便以迅雷不及掩耳的速度搶過步槍，以槍托重擊其後腦勺，對方立即悶哼一聲，失去知覺。

在倒地之前，吳常眼明手快地將其托住，才不至於發出太大的聲響。接著，他再用袖扣拉出的釣魚線將其牢牢綁住手腳。

整個過程不到三十秒。不論吳常如何極力避免，必定多少有些聲響。而這麼近的距離，鎮守大門的殺手一定聽得見。但在這三十秒內，守大門者都未曾移動過半步，可見這兩個殺手素質高低有別。可惜吳常沒有時間可以浪費，否則他還真想與守大門的殺手過招一番。

一人解決，還有十人。吳常心裡算道。

他一秒也不願耽擱，立即取出殺手的步槍彈匣、收回瞄準器，站起身往甬道北邊前進。經過東門時，他蹲低躍起，將彈匣藏至內側門樑之上，再接著往深處的後院疾奔而去。

第十九章
鬼遮眼

此時心臟跳得又快又猛，潔弟好怕被聽到心跳聲而暴露自身位置，可是卻怎麼也沒辦法不緊張。

「啊啊，乾脆我遮住他眼睛，妳趁機逃跑吧！」小惠又怕又慌地滿屋子到處亂竄，講話也有些語無倫次，「可是他看起來好奇怪！全身都在亂發綠光，好恐怖啊！」

潔弟想：進屋裡的那個人沒拿手電筒照明，應該也是跟我一樣戴上夜視鏡吧。雖然他現在正往我所在的反方向前進，但是晚點應該會回來搜尋我這一頭。周圍的屍堆能擋住我的體溫嗎？他有可能不發現我的存在嗎？

直覺是否定的。所以她越來越緊張，在腐臭陰冷的宿舍中，手心連連冒汗。感到無助的她，只能緊閉雙眼，誠心禱告：老天啊，請保佑我吧！

片刻之後，那個人的腳步從後廂房彼端的盡頭慢慢往回走來。而且越來越近、越來越近！

「啊啊，怎麼辦怎麼辦啊！」小惠著急地團團轉，「剛才應該要妳從後門出去的嘛！唉我們被困在裡面太久了，都忘記有門這件事了。唉都是我不好！我怎麼那麼笨啊！」

潔弟本來就已經夠緊張的了，小惠又只會在那邊乾著急，盡說些一點屁用都沒有的鬼話，害她更是心慌意亂，腦子裡開始浮現悲慘的畫面。

自己的葬禮上，爸爸、媽媽為她哭得呼天搶地；淚流滿面的奶奶難過到心肌梗塞；哥哥想起欠了三年的五千塊還沒還，不禁後悔又羞愧地哭暈過去；最後家屬答禮的時候只剩下家犬睫毛撐場面。更讓她不能容忍的是：志剛對著她的遺照上香時，心中冷嘲熱諷；吳常更是連上香都懶，只是好整以暇地坐在位子上低聲說些鄙視她的話。

天啊，真是太沒面子了！難道要我王亦潔唾面自乾地抱著這兩個怪咖的羞辱到地府報到嗎！門都沒有！

這麼一來氣，潔弟反而覺得自己要冷靜一點，怎麼說都得掙扎一下。畢竟祂小惠死透了，她還沒死。與其窮緊張，還不如有點作為，想辦法保住自己這條小命。

只是眼下時間有限，她也來不及謀定而後動了。出於強烈的求生意志，她決定要拚他一拚！

於是竭力放慢、放輕動作地從背心口袋中各別抽出防身道具，將其牢牢拿在滿是冷汗的手中，嚴正以待。

綠色雷射光點掃到潔弟右前方的牆上，陌生人的踏步聲一轉眼就越過玄關，來到屋子東側。

來人開口：「出來吧，就別浪費我的時間了。我的時間可是很寶貴的。」

潔弟原本還怕得把自己縮成一團蔥花捲饅頭，現在聽他這麼一說，頓時惱火，馬上抬起下巴、扭頭怒視後方，心裡罵道：你的時間寶貴，我的時間就不寶貴啊？我的命就不是命嗎？

她的視線穿過叢叢堆疊的屍骨縫隙，落在距離她不到三步遠的地方，一雙穿著短筒軍靴的腿，正悠哉地朝她踱步而來。

「啊！」不知如何是好的小惠摀住雙眼，放聲尖叫，「救命啊！」

潔弟心裡喊道：孩子們對不起啦！

她一隻手臂伸入小山高的骨堆中，奮力朝外揮，將一堆屍體掃向來人，同時跳起身向他撲過去。

對方敏捷地往後大跳一步，避閃傾塌的枯骨，朝潔弟射了一槍！

「碰！」像是鞭炮從遠方炸開似的聲響，在潔弟耳際迴盪的同時，有另一聲沉悶的吭響；分別是開槍聲與子彈從她頭盔上彈開的聲音。

她一手對著他猛按防狼噴霧器，一手拿電擊棒攻擊他，不僅模糊他的單目夜視鏡，更是刺痛他的另一隻裸眼。他不自覺地亂揮雙手，綠色光點霎時滿牆亂飄。

就在潔弟打算趁機逃出後廂房的時候，小惠猛然朝殺手飛去，來勢洶洶，像是要將其撲倒，不讓他有機會對她開槍：「不要啊！」

「別靠近！他有護身符！」此時佳佳突然闖進玄關，大聲喊道。

潔弟聞言，直覺就是殺手脖子上掛的黑色小布袋，想也不想，就抽出刺刀，手向上斜揮而去。殺手下意識要避開，背卻剛好抵在牆上。她割斷紅繩的同時，也不小心在他鎖骨間劃開一道血口。熱血頓時噴灑出來，噴得她滿面罩都是血！

殺手先是愣了半秒，接著急忙緊緊按住鎖骨，仰頭嚎叫：「啊——」

然而，佳佳的警告為時已晚，一時之間，青火沖天，小惠猶如飛蛾撲火般，半邊身子瞬間就遭護身符發出的青光給焚噬殆盡！

「啊——」小惠淒厲的慘叫與殺手的哀嚎重疊。

潔弟被眼前過於血腥駭人的景象嚇得呆若木雞，腦袋轟地一下瞬間空白。

出於劇烈的痛楚和憤怒，再加上視覺暫時因防狼噴霧器的刺激而尚未完全恢復，殺手一邊吼叫，一邊摘掉夜視鏡，歇斯底里地將步槍上的射擊掣鈕切換到全自動模式，槍口朝向潔弟，打算瘋狂掃射！

潔弟還來不及反應，便先被佳佳撲倒，身體順勢往側邊摔跌進屍堆裡。先是有幾枚子彈自頭盔反彈出去，又有枚子彈打在防彈背心的肩頭上，接著上方的屍骨全垮落在她身上，成為她與那位殺紅眼的殺手之間的屏障。

「噠噠噠噠噠——」全自動模式下的連續射擊聲，響徹整間後廂房，槍口閃光將室內照得猶如白晝。

剎那間，潔弟幾乎喘不過氣，肩膀痛到像是骨頭被撞斷一般。要是早知道穿了防彈背心，中彈還會這麼痛，打死她也不跟吳常跑這趟。

當她再次張開眼睛，看見半透明的佳佳伏在身上護著自己，頓時心裡又感動又心有餘悸。

「匡啷！」殺手身後的窗軒玻璃突然朝內爆開。

一抹熟悉的身影自千百碎片中現身，他雙手勾著外頭窗框上緣，伸直長腿朝殺手的背部狠踢一記。佳佳下意識閃開，而潔弟被屍骨壓得動彈不得，只能眼睜睜地看著殺手朝自己撲來！

「呃！」她瞬間覺得胸腔被撞得塌陷，差點沒岔氣、斷肋骨。

潔弟心裡哀怨道：死糯米腸，要嘛不來，要嘛一來就把我胸部撞凹！

殺手的反應很快，馬上一躍起身，閃過破窗而入的吳常下一記猛踢，順勢拾起方才脫手的步槍。

而吳常在殺手將槍口瞄準他之前，迅速變換重心，長腿以迴旋踢踹飛步槍。殺手趁兩人距離拉近之際，蹲低朝吳常腹部發拳，後者腰部一轉避開攻擊。

佳佳突然伸手從殺手背後遮住其雙眼，令其瞬間慌了手腳，不停後退扭動身軀：「誰？誰的手？」

殺手不知道自己一旦失去護身符，便只能成為滿院鬼魂的俎上肉。此時還搞不清楚狀況的他，猛力摳抓著臉，很快就抓得滿臉血痕。

「我的腳……還我……」一陣女子哀戚的聲音在宿舍裡響起，聽起來似遠在屋外，又似近在殺手耳邊。

「誰？誰在說話？」殺手驚恐地說。

佳佳一鬆開手，殺手馬上感到眼周的壓力消失，張開眼就看到身形燒得只剩一半的小惠，垮著肩膀，一跛一跛地朝他走來！

「我的手……還我……」小惠朝殺手伸出完好的那隻手，半張臉融得五官糊在一起，看起來極為駭人，「我的臉……還我……」

「啊——」殺手嚇得才剛叫出聲，就被佳佳摀住嘴巴。

同一時間，吳常一記左勾拳擊向殺手太陽穴，他隨之因猛力衝擊而失去意識。吳常將殺手放倒之後，立刻撿起落在骨堆邊緣的步槍，將潔弟從屍堆中拉出。

「拿地上的符！」吳常對她說。

潔弟才剛彎腰低頭尋找，便聽到一陣急促的腳步聲自後廂房外頭的北邊繞過後廂房東側，即將轉到南邊的房門！

「快靠牆趴下！」吳常低聲催促道。

潔弟一聽，急忙趴伏在地。身體才剛滾到牆角，就聽到正上方破窗外，有人呼吸的聲音。她身子稍稍偏移，往側邊抬頭一看，一張戴著單目夜視鏡的陌生臉孔忽地探進窗內！

他環顧一圈，接著又縮回牆外，好像沒看到什麼異狀的樣子。

奇怪，他沒看到吳常嗎？她心裡疑惑。

隨即她也掃過屋內，跟著一驚：人咧？該不會拋下我，自己跑了吧！

眼前只剩佳佳在角落安撫著哭泣的小惠，後者似乎還驚魂未定，只是一個勁地低頭啜泣。

潔弟心想：只怪方才那無名火實在來得太出乎意料、太可怕了！小惠肯定受了很大的驚嚇。

就在此刻，她注意到佳佳的右手掌不見了。不知佳佳的手是否與小惠一樣，都是被那護身符的青光給燒沒的。

一想到這種可能，潔弟暗暗為祂們兩個抱屈：太可憐了！人都死了、魂魄被困在這裡二十幾年就已經夠慘了，現在還不得安寧！這群人也沒做什麼壞事，怎麼會接連遇到這些爛人！真是倒了八輩子的大楣！

剛才從窗戶探頭進來的殺手倏地走到後廂房門口。他才踏進屋內，面前便突然飛出滿天的紙牌。

就在殺手困惑之際，一張顏色特別暗的撲克牌從落櫻般的紙牌中破勢而出，直擊他的面門！

殺手機警地偏頭閃開，右顴骨隨即被劃出一道血痕。門扉旁突露出一隻手臂，手刀驟然斬向殺手的頸側。來勢又快又猛，遭擊暈的殺手馬上腿一屈，往另一邊倒下去。

那隻手的主人正是吳常。他掀開披著的特殊纖維布，即時伸手抓住殺手，這才趕在殺手撞到另一扇門之前扶住他。

由於吳常的複合紗布含鋁，可有效阻隔輻射熱。只要躲藏的位置選得好，便可巧妙融入環境，讓人無法透過夜視鏡發現他的蹤跡。

潔弟在牆角看得眼花撩亂。一時半刻的，又是緊張又是困惑，不知該如何是好，也不敢妄動。

「潔弟找符！快走！」吳常輕聲說道。

她一聽到他的話，立刻貼著地板找起那個深色的小布囊。沒兩秒就在第一個倒地的殺手腳旁看到。伸手拾起，就回頭往吳常的位置踮腳大步奔躍。

第二十章
摘符

三組分別檢查東、西、北三棟的機動殺手，一聽到後院傳來的步槍連續響聲，便不約而同地立即走出長房來到二院集合。

眾人火速協調分配支援：北棟組立即前去後院察看狀況；西棟組則須搜索既定區域和接手北棟；東棟組則須同時確認東邊兩條甬道，包括裙房。

待階段性任務完成後，北棟連同守北門者，西棟通知守西門者，東棟帶領守東門者，一同回到二院集合，再一起從大門離開。

為了避免打草驚蛇，六人完全以手勢溝通，表達方式無聲卻精確。

北棟組二人很快繞過北棟，來到建築物西面轉角。其中一人先探頭掃視一周，發現無任何異狀，這才放心走進後院，並向後方組員揮手示意「跟上」。

此時後院四下無聲，連個人影都沒有，彷彿剛才一陣激烈的掃射聲全是一場幻覺。

帶頭的殺手判斷混亂的局勢已結束，現在應沒有太大危險，便對後面的殺手比手勢要求兵分二路：自己進屋察看，對方繞過後廂房，到後方甬道確認，順便叫上守北門的人一起撤離。

對方點頭表示同意。兩人隨即各別邁開腳步，朝不同方向前進。

***

潔弟正迫不及待地率先跳過後廂房門檻，往外頭跑，就突然被吳常從背後給拎了回去。

「幹嘛？」她把防彈背心往下拉好。被他抓著後面領口，背心位置都跑掉了。

「來不及了，另一批過來了。」感官敏銳的吳常說。

此時也顧不得踩踢到屍骨會發出聲響，他馬上將她拉回剛才躲藏的地方，遞給她鋁質隔熱布。

「躲好。」他說完便大步大步跨躍、走回玄關，將一個類似紙團的東西丟到地板中央，並側身站在房門西邊的窗戶旁，拿出手槍戒備，朝軒框外頭窺視。

她立刻蹲下來，將自己包得密密實實。同時，也注意到屋外南邊的方向確實傳來噠噠蹬音。聽起來是兩組不同的腳步聲，其中一人應該是往後廂房的西側走去；另一人則往後廂房的房門走來，腳步聲越來越大。

她不安地稍微扭動身軀，想轉身過去看看玄關那有何動靜。

雯雯突然穿牆而入，前來關心他們。

「怎麼樣？孩子們都由阿姨顧著嗎？」佳佳忙上前問雯雯。

「對，祢放心。」雯雯拍拍佳佳的肩，一轉頭見到旁邊的小惠模樣，頓時震驚不已，「啊！祢怎麼變成這樣？」

小惠哭得抽抽搭搭的，想開口說話，卻又忍不住再次嚎啕大哭。

「祂被殺手身上的護身符發出的火光燒到了。」佳佳傷心地說。

雯雯一聽，當場勃然大怒，周身剎時亮起紅光，頭髮像是遭狂風怒捲般翻飛起來，五官開始產生變化，看起來越來越顯妖異！

潔弟以前曾聽老師父說，鬼魂散發出的顏色源自於祂們的鬼氣；白鬼冤、黑鬼怨、紅鬼厲、青鬼毒！若是遇到後面兩者，就連尋常遊魂都要腳底抹油趕緊溜了。

因此潔弟一看雯雯發起紅光，便心想：怪不得那個成天翻箱倒櫃找著財物的阿明那麼怕雯雯，以前搞不好就曾見祂發飆過。

她當然也怕被掃到颱風尾，可是現在想跑也來不及了，只得咬牙忍住逃生的原始衝動，期望雯雯冤有頭債有主，待會發飆起來還有理智可以看準對象再下手。

待門外殺手踏上門廊階梯，吳常忽地朝旁邊房門進來的玄關中央射去一張著火的紙牌，地上的紙團隨之燃起劇烈的橘黃色火焰。

戴著夜視鏡的殺手正要入屋，卻見裡頭突然竄起光亮的火苗，當即反射性地停下腳步，撇過頭避開強光。

同一時間，吳常趁機從窗口連開兩槍打中殺手的雙手，步槍隨之「喀啦」落地。

吳常趁勢上前長腿一掃，那殺手頓時絆倒，跌進屋內，被眼明手快的吳常以刺刀割下護身符。

「交給祢了！」他隨手將符袋一扔，對雯雯說道。

地上那團火球燒得突然，滅得也快，轉眼間室內又再度陷入一片黑暗。那殺手眨了眨眼，才剛適應周圍光線，抬頭便看見滿身閃著耀眼紅光、凶惡醜陋的女鬼！

若不是潔弟從頭到尾都緊盯著玄關，此時根本認不出那紅衣厲鬼會是雯雯。祂的手指指甲倏地變得又長又利，嘴角裂至耳際之後，整張臉皮開始剝落，一顆眼球垂至下巴隨風晃蕩！

潔弟暗自慶幸自己只看得到雯雯的側面，不然大概會被祂的正面尊容給活活嚇死。

跌坐在地的殺手嚇呆似地動也不動，只是直勾勾地瞪著雯雯看。雯雯如風一般撲向他，穿其身而過，竟連同對方魂魄都給扯了出來！

殺手的魂魄錯愕地看著自己的軀體往後倒下，尚還搞不清楚狀況，魂魄便如棉絮一般，被盛怒的雯雯立刻撕成碎片，隨即灰飛湮滅，消失在潔弟眼前！

另一名北棟組殺手原本已經走到後廂房後方的甬道，忽然聽到後院內傳來的槍響，不放心地前來察看。恰巧與走出後廂房、低頭拾槍的吳常撞個正著。殺手還來不及瞄準，吳常就已先閃到門旁的柱子後方。

情況瞬間轉為西部牛仔般的決鬥，決勝的關鍵拚的就是誰的槍法快、狠、準！

殺手小心翼翼地舉槍挺進，後院氣氛瞬間變得劍拔弩張，空氣彷彿就凝結在他的吐納之間。就在距離木柱只隔一步之遙時，一道火龍般的烈焰突然朝他臉猛衝而來！

那一刻，殺手在流動的橘紅之間，看見火源來自一名相貌不凡的男子。

他居然對著我噴火！殺手錯愕地想道。

殺手下意識閃身，同樣利用柱子擋住炙熱的火舌，卻在同時感到喉嚨猛烈收緊！他當下以為柱子另一頭的俊帥男子伸出另隻手臂勒住他的脖子，手肘便奮力往後頂，卻又頻頻撞入空氣。

就在此刻，俊帥男子突然出現在殺手面前，冷冷地看著他說：「果然很蠢。」

怎麼可能？那是誰在我後面？殺手驚慌失措地想。

他接著拚命甩動身軀，拋下槍，雙手發力想將勒住脖子的手臂給扯開時，才發現頸項周圍根本沒有東西！

「呃呃——」殺手邊撓抓著脖子，快要喘不過氣。

道道青筋順著他的脖子，爬上臉龐。豆大的汗珠頻頻滑下，浸濕他的眉毛與眼睛，視線逐漸模糊。在閉目之前，他才發現：原本戴著的布袋早已被剛才的俊帥男子吐出的火給燒成一團黑灰，掉在地上了……

＊＊＊

吳常單肩揹起步槍，立即將氣絕倒地的殺手扛進室內，並將全部的步槍彈匣扔進屍堆之中。

有了雯雯這個強悍的隊友，吳常這方戰力猶如神助。他只要摘掉這批人所配戴的護身符，那麼就沒有什麼東西可以阻止祂制裁這些闖入的殺手了。

有兩個這麼強的靠山，潔弟以為主要危機已經解除，遂悄悄裹著隔熱布起身來到破窗邊往外窺探。

然而，一波甫平，一波又起。門外再次響起一連串急促的腳步聲。這次聽起來不只一個人，而且腳步一致都往後廂房移動。

潔弟再次躲了起來。吳常藏身在門軸邊，細細聆聽，立即辨別出來者有三人。

「外面來了三個人！」佳佳伏在門框上，緊張地回頭對吳常說道。

吳常只是輕輕點頭，神色如常，看來毫不意外。他動作輕巧地再次來到窗口，掏出鏡面撲克牌觀察外頭三人。

其中一個身材較高的殺手，見到後院地上那團燒焦的小布囊，低聲道：「地上的東西是什麼？」

中間那個剃光頭的男子下令道：「過去看看。」

原本提問的殺手蹲下去檢視的同時，另外兩個幾乎背對背謹慎觀察周遭，以防突襲。

而吳常先是繃緊上臂，舉起手槍，像是要趁三個低頭看護身符時開槍，但見對方防範周延，故手勢稍稍放低，情緒平和地等待下次時機。

「好像是上頭統一發給我們的布袋！」高個男子邊以槍管戳它邊說。

實在很想幫忙的潔弟，便從背心口袋中拿出兩顆糖果往院子對面的北棟投擲，希望打到房舍外牆的時候，能暫時引開他們的注意力，讓吳常有機會動手。

誰知道糖果居然雙雙拋出一道弧線，便墜落在院子中央，發出幾聲清脆的噠噠聲！

雖然糖果遠不如她預期落點的位置，但至少成功吸引殺手的注意力。三人機警地同時轉頭。

果然，他們分神之際，便先後爆起三聲槍響。第一、二發分別打中兩個殺手持槍的手掌和手腕；第三發因殺手以毫秒之差反應過來，即時閃躲，子彈僅微微擦過其臂膀。

「碰！」未中彈的殺手立即反擊，開槍射向吳常前一秒探頭出去的窗戶。

敵人的子彈瞬間越過屋內，鑿入磚牆之中。

殺手咒罵了一聲，似乎有些惱怒，馬上舉槍衝進屋內。來不及躲的潔弟嚇得呆若木雞，動都不敢動，只能愣在那裡看著他的一舉一動。

好在殺手還沒發現她之前，吳常便已先發制人，高舉手上不知哪來的魔術棒，人躍下之際，猛力一揮，便擊中對方的槍桿，震得對方虎口痠麻，步槍應聲滑脫出手。吳常反手一彈，霎時從指尖射出一簇火光燒向對方胸膛。其配戴的護身符連同防彈背心一起燃燒了起來，繩索轉眼就被燒斷。符囊墜落地面之際，吳常便看也不看地閃身衝向屋外。

殺手身上的火勢與剛才地上燃燒的紙團一樣，來得快、去得也快，他嚇得在地上打滾沒兩下就壓熄了。防彈背心胸口處露出好幾個燒灼的破洞。

他見火苗都滅了，立即翻身仰臥在地，大大鬆了一口氣。沒想到，幾根樹枝末梢般粗細的屍骨登時朝其頭部砸來！

他出於本能地緊閉雙眼，伸手擋住臉，感受到根根骨頭打在手臂上的同時，肋骨竟也掀起一陣揪心痛楚，肺部劇烈緊縮，令他幾近窒息。他忙張開眼，一瞧立即暈死過去。

第二波飛來的枯骨不偏不倚地直插進防彈背心的破洞之中，鮮血如同滿溢的泉水一般泊泊湧出！

一旁殺氣騰騰的雯雯還沒消氣，強風似地颼一聲追至院子，來到吳常身後。

第二十一章
符咒

吳常三兩下便解決直入後廂房的殺手，此時院裡中槍的兩個殺手尚處於驚弓之鳥的狀態。高個殺手單膝蹲在地上，忙從背包中取出紗布亂捆著中彈的手掌；光頭則是裝腔作勢地勉強舉槍戒備，熱血正從他的前臂彈孔中劃出一道道的紅線，滴落至土地上。此時他們兩人開槍狙擊的準確度皆已大打折扣。

吳常邊衝出門，邊伸長魔術棒，在其中央插上微型馬達控制器，棒身立即高速轉動，瞬間化成一扇圓形的合金防彈盾，朝著光頭猛奔而去。

「砰砰砰砰砰——」

後院隨著步槍一發又一發的槍響，間歇地亮起激烈的白光。所有射出的子彈都一一彈飛。

光頭眼看子彈傷不了吳常，又見其來勢洶洶，頓時也發怒了起來，將步槍扔到一邊，打算來場男子漢之間的近身肉搏。

不料，他才剛從戰術腰帶抽出刺刀，正要硬碰硬、強行攻破時，堅實如鋼條般的魔術棒突然驟停！

「砰、砰！」兩聲槍響忽地來自吳常手上的槍，又狠又準！

光頭才剛看清鐵棒後那張俊美卻冰冷的面孔，下一秒便在槍聲中陡然發現自己另一邊肩頭也中彈了！

「啊！」一旁的高個子驚呼。他才剛包紮好手掌，另一肩頭也同樣中彈！

吳常開這兩槍雖然不致命，卻徹底瓦解兩位殺手使槍的可能；別說是舉槍瞄準，現在肩上中槍的那隻臂膀連提都提不起來！尤其是掌骨遭打穿的高個子，根本連握拳都難如上青天。

「耍我！」光頭臉一陣青一陣白，情況與他預想的熱血拚拳大為不同。

吳常突然開槍，令他既詫異又感到自己被玩弄於對方手掌心之中，登時惱羞成怒，決定拚個你死我活，硬是舉刀刺去。

吳常的魔術棒原為防禦，高度已拉伸至兩公尺，現見對方持刀攻來，雙手俐落地卸下兩截、收起馬達，以之當棍棒格開光頭的攻擊。

「鏘！」刺刀與鋼棒猛烈交會，閃出金鳴與火花。

吳常收棍又朝光頭太陽穴一揮，其偏頭閃過的同時，也伸手朝吳常腰際砍去。

他快，吳常比他更快；轉動腰板閃過利刃之際，也不忘倒轉長棍直戳他中路。光頭雖看在眼裡卻苦於來不及收勢，只得被棍棒猛撞出去，向後飛跌落地。一時之間胸口疼痛難耐，只怕肋骨是斷了。

吳常單手震了震魔術棒，末端卡榫勾著的護身符隨著棒身彈性上下抖動而落地。他立刻又提棒轉向高個子發難。

對方一手無法抬，一手無法握，雖明顯處於逆勢，神色卻不顯慌張。只是急忙站起身，身子轉側，微微彎腰屈膝，隨時準備過招。

吳常既不心狠手辣，也不婦人之仁，眼下只想以最快的速度帶潔弟離開，畢竟他最大的顧忌就是她的安危。

他將魔術棒拆成兩節當雙棍來使，開口招降：「護身符丟了，你人就可以走。」

「護身符？」高個子直覺有詐。他本來沒把這統一發放的布袋當一回事，但現在聽吳常這麼一說，才突然發覺這東西與這次的行動有多不對勁。

一開始上頭告訴他們，這布袋裡裝的是GPS追蹤器，必須全程配戴、不可離身，直到任務結束。雖然外觀看起來活像是端午節配戴的香包，但既然上頭交代，他們也不便多說什麼，只管老實戴上。只是人進了村之後，他們馬上就發現在濃霧中，所有電信設備都故障，村內不僅一個人都沒有，還遍地是屍骨。

只不過配戴護身符的他們感受不到鬼魂和霧中仙，因此一路走來並未看到霧中無數飄來盪去、朝他們撲抓而來的人形黑影。更不會知道祂們一靠近他們就會被符燒成灰。因此他們雖覺得村子古怪，但並未多想

如今聽到吳常這麼說，高個子才恍然大悟：原來我們身上戴的是護身符！難道這村子鬧鬼？若是如此，那就絕不能摘下！

吳常見高個子猶豫，也懶得再跟他廢話，當即掄起雙棍進攻。

高個子雖眼明身快，不時以單臂遮擋、雙腿踹踢反擊，卻仍有閃避不及的時候，一眨眼便挨了好幾棍。然而他也發現，對手進攻的目的不是要傷他，只是想奪走他的護身符，便更加嚴密防守中路，不讓對方有機可趁。

然而雙棍一攻一守，來得又快又急，猶如暴雨。沒幾下便令高個子心力俱疲。正當高個子舉臂格開棍棒的同時，另支棍棒硬是勾走他胸口的護身符。

「啊！」高個子訝然叫道，頓時心中一涼。

「雯雯，這裡交給祢了。」吳常邊說邊倒退，將高個子的符連同地上那枚一起點火焚燒，並且迅速將地上的魔術棒一一拾回。隨即再次奔入後廂房之中。

＊＊＊

方才雯雯殺人的狂暴舉止嚇得潔弟小腿肚發軟。要不是即時撐住窗框，一定雙膝跪在地上，站都站不起來。

一旁的小惠被嚇得一時忘了哭，佳佳也石化般直盯著玄關的殺手屍體，動也不動。

吳常和雯雯先後跑出後廂房後，裹著隔熱布的潔弟馬上湊到窗邊，透過夜視鏡觀戰。黑夜之中，吳常與殺手的動作都迅捷異常。潔弟剛開始還替吳常捏把冷汗，但眼見電光石火之間，他已接連將兩個殺手放倒，令她錯愕不已。

以前都不知道吳常這麼能打！

潔弟見吳常三番兩次奪取殺手的護身符，對這黑色小布囊的好奇也越來越濃。她立即拿出刺刀，將手上這枚符袋劃開檢視。

不料，一股油膩腥羶的屍臭突然自劃開的刀口竄出！

她猛地打起冷顫，冰冷到錐心的寒意自背脊擴散而出，牙關都忍不住發出「嗑嗑」兩聲顫！

這股前所未有、冷冽到可以說是充滿恨意與惡毒的陰氣究竟是從何而來？

她忍著令人頻頻作嘔的惡臭，關閉面罩的夜視鏡功能、開啟頭燈，發抖地將袋口撐到最大。

映入眼簾的，是由防水油紙包褶起來的三角紙包，外觀泛黃，大小比口服的中藥粉包大不了多少。

再將其拆開，赫然看見裡頭裝的是好幾塊如身旁木柴般的屍骨！

這些應該是被人為搗碎的骨塊上頭，刻著陌生的符號。在光線的照射下閃著油潤的光澤，彷彿被人淋抹上一層屍油。所有碎骨都被一張窄長暗色的符紙給交錯纏繞，並被與布囊頸繩相同的紅棉線串起，打上好幾個結。骨塊下方還有一根短短的金屬細針，以及零散如土的深色粉粒。

一陣惡寒似的恐慌襲向潔弟。雖不知確切的名堂，但卻可以肯定這根本不是什麼護身符，而是某種窮凶惡極的「噬靈符」！

她陡地茅塞頓開：這麼一來就說得通了！難怪剛才小惠說殺手身上發著青光！

她聽老師父說過，一般人配戴加持過的護身符，在遊魂眼中，是會散發出和煦如日光般的暖黃或白色光暈。而黑道中人為非作歹太多，殺氣或邪氣太重，護身符即便經高僧、大廟加持，戴在身上也一樣無用。為了避煞保身，一般都會戴噬靈符，以暴制暴地吞噬所有接近的魂靈，藉以滋養符內惡魄。

此種惡毒的噬靈術相傳源自泰緬北部一帶。修習這類邪術極具危險，稍有不慎，便容易引火自焚，卻往往能獲得暴利，為正派法師所不齒，稱修煉此術者為「鬼術師」。

噬靈符與護身符有個相似之處，便是「時限」。原因卻恰巧相反，護身符的法力會隨著時間慢慢流失；而噬靈符中的惡魄卻會隨著時間逐漸壯大，屆時符中的法術便會鎮祂不得而反噬其主，甚至為禍人間。故須在期限到來之前，將之歸還給鬼術師，換上新符。

至於鬼術師會將其拿來做什麼，沒人真正知道。但據老師父的猜測，很可能是用來下狠毒的死咒或拿來續命。

「潔弟，快走！」吳常難得大聲地對她喊道，「頭燈關掉！」

「為什麼？」她回神將頭燈關起，並再次開啟夜視鏡功能，朝他走去，「壞人不是都被你跟雯雯解決了嗎？」

「事不宜遲，晚點再說！」吳常嫌她動作慢，大步向她躍來，手一抓便提著她往房門跑。

第二十二章
逃

院子裡的高個殺手才剛站穩腳步，聽到吳常說的話，登時察覺有異，環顧四周，突然心生懼怕，望著吳常的背影喊道：「雯雯？誰？你在跟誰講話？」

此時後院突然陰風陣陣，院內老樹上的枯葉紛紛墜落，寒意直入心脾，令人膽顫心驚。

高個子急忙奔至光頭身邊，兩人早以無暇理會離開的吳常，只是惶惶不安地四處張望，總覺得這來勢古怪的陣風是不祥的預兆，心裡同時想著：大事不妙了！

颼颼寒風不止，反越趨強勁。兩人正要轉身往後逃跑時，狂風驟然大作，吹得老樹擺頭彎腰、後廂房門窗嘎吱作響。兩人頻頻被風猛烈擊打著，下意識地單臂遮住冷風，想跑都怕被風給捲上烏雲密佈的夜空，只有戴上單目夜視鏡的那隻眼睛能張開一道細縫，窺看周圍環境。

突然之間，院子上空盤旋下來一抹血紅色的人影。隨著呼嘯而過的風，紅衣厲鬼揮著利爪般的手，張開裂至耳際的血盆大口，朝兩人襲來。狂暴的祂一口咬掉高個子的頭顱，一手扯出光頭的魂魄，飛至院子中央上空，將後者撕得粉碎。

「呸！」祂吐掉嘴裡銜著的一片頭皮，發現自己竄得比以往都高。

難道現在的我，已經能掙脫這孤兒院的桎梏了？雯雯詫異地想。

＊＊＊

小惠追著吳常、潔弟到後廂房外頭的門廊，問道：「你們要去哪？」祂雖自身遭惡符的妖火焚噬地魂魄不全，仍舊很擔心他們的安危。

「離開老梅村。」吳常頭也不回地說。

後院內除了他們以外暫時沒其他人，是以他們也不怕發出腳步聲，放膽邁開雙腿，很快便繞過後廂房西側跑進後方甬道，朝著北門，也就是陳府後門直奔。

「等等！」佳佳追上他們的腳步，神色有些複雜難解，「你們還會回來嗎？」

吳常沒搭理祂，只是緊拉著潔弟跑。

雖說保命要緊，危急時刻也沒空多說，但潔弟還是覺得吳常這種態度實在太不近人情，便抓住後門門框，暫時止住勢，扭頭回佳佳：「一定會！祢們小心啊！」

「快走！」吳常催促道。又是一扯，將她硬拖出陳府大院。

美麗清秀的佳佳，心中五味雜陳，佇立在後廂房後方的甬道之中，眼巴巴地目送吳常和潔弟離開。即使兩人的背影早就消失在視線所及之處，祂都未曾移動半步，像是陷入了自我的思緒之中，一時難以自拔。

小惠察覺出佳佳的異樣，擔心地上前問道：「佳佳，祢怎麼了？」

佳佳聽到身後有人呼喚，立即轉過頭，滿臉憂傷、楚楚可憐，令小惠更是緊張。

沒想到，佳佳卻只是說了句沒什麼，便要小惠跟自己一起去看看雯雯的狀況。

小惠雖明顯感覺佳佳在轉移話題，卻也不知道是否該再問下去，只好在祂的攙扶下飄回院子。

＊＊＊

一踏出陳府後門，周遭如同最初從外頭接近前門時的景象，又是薄霧瀰漫。

不過，之前向陳府前門方向前進的時候，妖霧會自行開出一條窄道供潔弟通行。眼下步出宅院時，卻連條縫隙也不留給她。

她自然將手伸向頭盔，想開燈照明，卻被吳常制止，他以手勢指示用夜視鏡看路即可。吳常故技重施，再次抽出他休閒西裝外套中的防彈襯布，將他們倆籠於其中，以屏蔽霧中數量眾多、川流不息的黑影。

「怎麼辦？我們要往哪裡跑？」潔弟著急地問道。

「跟緊我。」吳常說。

其實根本沒辦法不跟緊，因為他手一直緊緊牽著她。只是此刻她心中盡是驚懼，無暇想些有的沒的，就連夢寐已久的牽手這種親密接觸，也無法勾起她半點風花雪月的遐想。

他拉著她沿陳府外牆往西跑，接近轉角處時，他們同時注意到，又有一團黑影群聚在一塊，不知用意為何。

雖然祂們仍與他們有段距離，但數量之多，還是令潔弟望之生寒。

來時見著沒想到，現在這麼一看，潔弟突然覺得祂們的動作好像不是想靠攏，而是在掙扎；想要掙脫什麼束縛一般。

而且有一點她越想越是奇怪：為什麼陳府大院前後都各有兩團黑影聚集之處呢？現在想起來，好像剛好就在府牆四個角附近的位置。這當中又有什麼緣由嗎？

吳常探頭至陳府西面外牆瞄了幾眼，又馬上牽著她繞過轉角，沿著府牆繼續跑。經過西門和西南角的時候，吳常刻意放慢腳步，確定沒人，才又牽著她狂奔。

跑到一半，好幾縷霧中仙突然發現他們的行蹤，頻頻衝撞防彈襯布卻又奈何他們不得，只得尾隨其後或來回徘徊，像是要找什麼時機對他們下手一樣。害得潔弟一路上都提心吊膽的，腿瘦痛得要命，也不敢停下腳步。

＊＊＊

深院之中，陰風颼颼，一襲紅衣停駐空中。嘴角還流著殺手血液的女鬼雯雯，仰望頂頭的烏雲，像是在思酌什麼，又像是正在下什麼決心。

感應到佳佳和小惠的到來，雯雯開口道：「我要再帶大家逃一次！」

佳佳和小惠聽了面面相覷，一時半刻不明白祂的意思。

雯雯當下不知該如何解釋，索性也不再多說，往上空直衝而去。

一抹紅光急速飛升，轉眼間，高度就超過了孤兒院三棟房舍的屋頂！

雯雯不可置信地眨了眨眼，露出微笑，心想：成功了！終於！

＊＊＊

負責守陳氏孤兒院大門的殺手，身形魁梧、理著平頭、長相粗獷，整體看起來俐落又幹練。身為此次行動組長的他，一人守著宅院最重要的出入口。

在守衛的時候，他不時聽到院內各處傳出各種聲響；腳步聲、呼叫聲，甚至槍聲。但他仍堅守崗位，不曾離開。

他認為：眼見為憑。說不定這些聲響是目標故佈疑陣或調虎離山。鎮守大門，這是他的職責。他必須守住這個位置。

「沙——沙——沙——」緩慢而無力的腳步聲，自大門前方不遠處驀然響起。

雙腳的主人似乎非常孱弱，連抬腳都有氣無力，腳掌無法完全抬離地面，所以才發出邊走邊拖的沙沙磨擦聲。

陳府外頭，萬籟俱寂的黑夜之中，忽有一人破出蒼茫的薄霧，提著鏽跡斑斑的青銅燭台，踏著青石磚道緩緩而來。

燭身濁黃、粗糙，青藍的燭火隨著行進帶動的氣流而不時搖曳，卻始終不曾熄滅。火苗照亮的範圍不僅毫無暖意，反倒更有股妖異詭譎的氛圍。

霧中躁動的黑影一觸碰其身，便立刻遭人眼瞧不見的螢紫烈火燒成灰燼，當即如風中塵埃般飄散，融為白霧的一部份。

身板單薄的他，罩著暗褐色的連帽及膝斗篷。隨著步伐，偶爾揚起下擺，露出裡頭一襲古式素黑長袍。

他尚未踏上門階，平頭殺手雙臂便已先起雞皮疙瘩，認出來者是誰。

只因那股味道。

不知是源於蠟燭燃燒，還是舉燭之人本身，只要他曾出現之處，那股臭味便會縈繞其中，久久揮散不去。

儘管平頭殺手對這位始終隱藏在黑暗之中的人的來歷一無所知，但直覺告訴他，味道來自舉燭者的可能性較大。

舉燭者仰頭凝視了一會陳府上空，烏雲底下的那抹紅色倩影，佇足說道：「沒想到啊……與世隔絕，竟還能自己修出道行……真是有天分啊……嗯……此鬼留著必有後患……」

其語速迂緩、聲音低沉沙啞如同砂紙摩擦。嘴唇上下開闔，臉旁的燭火卻無一絲的晃動，只因舉燭老者未曾呼吸吐納。

一步一步，骨瘦如柴的老者拱著駝背，踩上石階，那股令人作嘔的腐臭味也越發強烈。平頭殺手稍稍憋住氣，不敢大口呼吸。

即便平頭殺手頗有閱歷，且已見過老者無數次，每回遇到老者，他還是會毛骨悚然。出於職責，他強裝鎮定、面色如常地主動迎向老者，微微鞠躬說：「大師，您來了。」

那燭光雖微弱，但仍有些扎眼，是以平頭殺手掀起單目夜視鏡，與其對視一秒，接著因承受不住老者面孔給自己帶來的衝擊與恐懼，而稍稍垂下視線。就在此時，他赫然發現老者的胸膛沒有半點上下起伏！當即頭皮一陣發麻，索性撇頭過去，不敢再直視老者。

「嗯……」老者渾身散發著腐朽的氣息。他的存在就是死亡本身。

他，就是鬼術師。

「隨我來。」

「是。」平頭殺手態度恭敬，尾隨著鬼術師一同從宅門走進陳府之中。

兩人一路走到內院，卻連一個組員都沒看見。平頭殺手心下納悶：按經驗來看，這個時間點，大家應該都已經掃過各自負責的區域才對，為什麼都沒見到人？剛才發生了什麼事？他們現在到底在哪？

「大師，我——」

正當平頭殺手開口告知鬼術師，自己想先離開去找組員時，大師抬起滿佈黑斑、乾枯發紫的手，制止他的話。

「不用找了……一切聽我安排……」他說道。彷彿清楚知道平頭殺手心中所想。

殺手先是一愣，接著因不敢多言，僅回答一字：「是。」

第二十三章
內鬼

後院之中，佳佳和小惠都因乍然感應到陌生而強大到令人窒息的鬼氣，顯得極為侷促不安，不自覺地牽住彼此的手，腦中一片空白，無法言語。

在平頭殺手的護衛之下，鬼術師慢慢踱步來到北棟連接後院的轉角。

佳佳和小惠立即感到一股直至靈魂深處的憂傷與恐懼，心神瞬間像是遭麻痺一般渙散，難以自持。

披袍老者自寬大的斗篷之中，抽出一枚紫色符紙，以燭火點著，喃喃念著晦澀難解的咒語。忽地將剩下的殘片朝烏雲射去：「去！」

紫令符居然在脫離鬼術師手指的瞬間憑空消失！

突然之間，上空風雲變色，烏雲向中心湧動的速度加快，雲層中劇烈閃起雷電，轟隆作響！

然而雯雯此時正心花怒放，完全未注意到事態有異，當祂低頭俯瞰下方，興奮地向地上的佳佳和小惠揮手時，一道無聲的悶雷乍然重重劈向祂！

閃電霎時照亮陳府上空，雯雯注意到底下的平頭殺手和鬼術師時，魂魄也隨之灰飛煙滅、澈底消失！

「磅！」雷聲隨著閃光怒吼，喚回佳佳與小惠渙散的意識。

閃電來得又快又急，平頭殺手初時眼睛見到還來不及反應，等耳朵聽到爆炸般的轟隆雷響，才下意識地往後跳開。而鬼術師則老神在在地杵在原地，面無表情地靜觀。

「雯雯！」佳佳隨即瞪大雙眼，失聲尖叫道。祂鬆開小惠的手，朝雯雯消逝的地方飛去。

誰也沒料到，第二枚紫色符紙如離弦之箭射向烏雲，緊接著另一道閃電劃過天際，猛然砸向的卻是佳佳身後的小惠！

「啊——」只剩半邊靈魂的小惠立即煙消雲散，慘叫聲卻仍迴盪在空中。

「不要啊——」佳佳淒厲地叫道。

平頭殺手因配戴噬靈符而無法感知鬼魂，見身旁老朽忽然接連朝天空射去兩張燒得殘缺的符紙，接著便連續天打雷劈、轟然巨響，令他暗自咋舌，又不知其意欲為何，而感到有些莫名其妙。

空氣中登時瀰漫著閃電剛過的臭氧刺鼻味。但比起鬼術師身上散發的惡臭，這點怪味實在甚是輕微。

佳佳徒勞地轉身朝小惠一秒前還存在的地方撲去，卻只擁到虛無。祂倉皇失措地轉了一圈，難以相信多年來互相扶持、相依為命的姐妹們，就在頃刻間雙雙消失，只留下祂苟存於世。

佳佳難以承受這突如其來的打擊，立即沉浸在濃濃的憂傷之中，一時之間也忘了還有外人在場，淚珠很快便滾落雙頰，忍不住啜泣了起來。祂既不捨得雯雯與小惠就這麼香消玉殞，又突然感到孤獨、徬徨與無助，不知未來自己一人該何去何從。

難道我要被困在這孤兒院裡，直到時間的盡頭嗎？吳常還會回來救我嗎？祂悲傷地想著。

「嗚呵呵呵……」鬼術師發出一連串難聽至極的笑聲，聽起來像女子低聲啼哭一般，聽得平頭殺手心裡發寒，再次起雞皮疙瘩。

「這一切……不都是祢……咎由自取嗎？」鬼術師對佳佳說道。

佳佳聞聲轉頭一看，才又注意到這兩個不懷好意的闖入者。尤其是那個看不清面容的披袍駝背老朽，明明形象具體，足履平地、腳踩影子，卻沒有半點人氣。不僅如此，他渾身竟散發著如硯墨一般濁濃詭譎的黑霧與屍臭，在在令祂戰慄不已。

佳佳暗暗心驚：這老人家到底是誰？到底是人是鬼？

「怎麼？認不出我了嗎，楊——蓉——佳？」鬼術師訕笑道，「再怎麼說，祢也不該忘啊……二十五年前，祢我可曾做過一場交易啊……」

佳佳頓時面色一凜，心虛又惱火地說：「是你！」

往事驀地湧上祂的心頭，歷歷在目卻又不堪回首。但是當年那個奸人相貌卻與面前老朽大相逕庭，祂詫異地想：就算已經過了二十幾年，他也不該變成現在這麼可怕的樣子啊。

「不可能！你……你怎麼……變成現在這個樣子？你到底是誰？你……你們到底還想怎麼樣？我不會再讓你們胡作非為！你們——」佳佳急道。

「夠了！」鬼術師可沒多餘的耐心聽祂叨念，「祢可別忘了……我們是同條船上的人。事到如今，要怪只能怪祢自己……引狼入室、引火自焚。」

平頭殺手四肢緊繃，眼睛胡亂掃過周遭，不知大師為何突然對空氣說話。而且他講話犀利，言詞又文謅謅的，根本不是一般人說話的方式，令殺手越來越覺得這位只在夜晚現身的大師不只詭異，還很危險。

佳佳聽了鬼術師的話，更是悔不當初。這二十多年來，祂沒有一刻不是活在深深的悔恨與自責當中。

當年鬼術師巧言謊騙了祂，以鉅額的報酬換取祂幫忙掩護其手下登門入內，竊取陳府內的東西。殊不知，那晚祂開東門迎來的，卻是一群殺人不眨眼的殺手！

祂氣憤難平地說：「你說你們拿了東西就走，我才答應的！要是我早知道你們會——」話還未說完，鬼術師又是一陣令人發怵的笑聲打斷祂的話，表情極為鄙夷地說：「婊子就是婊子，還想讓人立貞節牌坊！事到如今……祢也只能解釋給鬼聽了吧？」

「我……」佳佳剎時感到揪心，話也說不下去，眼淚再次撲簌而下。想起孤兒院上下一百多條人命，全因自己一時貪婪而慘遭滅口，孩子們甚至被活剜眼珠，叫祂如何能原諒自己。

鬼術師見祂貌似心有不服，又出言諷刺：「我可沒騙祢啊……我說的『東西』……就是祢們所有人的命！只怪祢自己蠢，沒問清楚。」

「那院長呢？你們到底把院長怎麼樣了？她到底在哪？」佳佳忙問道。

其實當年小環根本沒被射殺。至少佳佳沒有親眼見到。

案發當晚，佳佳正開啟東門引賊人入侵時，不小心被恰巧經過的小環撞見，那幫殺手馬上將小環打暈，強行擄走。祂上前阻止的瞬間，便被人從背後射殺。

待祂的魂魄被雯雯喚醒，追問小環下落時，出於心虛，祂開始堅稱，親眼見到院長被殺害。

鬼術師動氣地說：「哼，你看我現在這個樣子，還不知道陳小環去哪了嗎！」他一時情緒激動，忽略了尋常人根本不知曉自身狀況與修習這門邪術的奧祕，兀自說道，「要不是她不識好歹……不願臣服於我、供我所用……趁機舉刀自盡，我早就換了新皮囊了……」

佳佳一聽到「舉刀自盡」四字，便尖聲叫道：「自盡！」

鬼術師十分惋惜地說：「唉……這個陳小環真是可惜啊……命格與我如此匹配……就連七魄都能供我凝聚三魂……」

「不會的……」佳佳再次流下兩行清淚。

祂是多麼希望院長能夠平安無事。這麼久以來，祂時時刻刻都在祈求老天爺能大發慈悲，讓院長能化險為夷，順利逃脫。此刻聽鬼術師這麼說，祂不僅萬念俱灰，更覺自己罪孽深重。

「不可能！你騙我！」佳佳悲切地喊道。

鬼術師對祂的話置若罔聞，依然自顧自地說：「不過沒關係……等了二十餘載，也總算是讓我等到了……如今，」他一邊嘴角勉強上扯，露出了比哭還醜陋的妖異冷笑，「便是我重生的日子！」

一股極為不祥的預感襲向佳佳，祂驚慌地喊道：「你到底還想要做什麼？」長年積累的哀怨、愧疚與憤恨，一點一滴地侵染著佳佳的魂識、蒙蔽祂的善念，周身開始湧起了絲絲黑氣。

鬼術師也在此時看出端倪，知道祂再差一步便與紅衣女鬼相同，由鬼道入魔。便心念一動，決定將計就計。

「嗚呵呵呵……」他不答，只是奸笑，轉身朝二院邁步。

佳佳以為這個卑劣的老賊又要使出什麼陰狠的手段，殘害院內無辜的孩子們，又想到大家都已遇害成鬼，如今還得終日膽戰心驚、不得安寧，頓時一股恨入骨髓的強烈憤怒，成為壓垮善念、理智的最後一根稻草！

「啊啊啊啊啊——」祂痛苦地仰天大吼，叫聲淒厲震耳。

轉眼間，後院氣溫驟降，木造廂房與株株老樹霎時結上一層薄霜。

院中，白衣女鬼騰空而起，其魂魄蒙上一層黑色薄霧。與鬼術師周身已濃凝如膏的鬼氣不同，祂散溢出的黑氣如同墨水滴入水中，正逐漸朝四面八方擴散。披頭的散髮彷彿自己有了生命一般兀自蔓延、扭動，五官如融化般滑落、移位，往昔那樣清麗的面孔已不復在。

佳佳在一念之間轉為充滿怨念的惡靈！

平頭殺手察覺氣溫驟降，感到訝異的同時，也機警地環顧四周，不敢掉以輕心。鬼術師則是眼見激將法得逞，又是冷冷一笑，心中自有算計。

「去死吧——」佳佳當即齜牙咧嘴朝他們兩人俯身撲去！

平頭殺手感到一陣冷風朝自己襲來的同時，鬼術師手指夾三枚黑針破空而出，即時射向白衣怨靈！

第二十四章
賽跑

被刺中的佳佳如同瞬間被冰凍一般，懸在空中動彈不得，驚恐地瞪大雙眼俯瞰著鬼術師。黑針埋入的眉心、胸口與腹部立即竄出無數髮絲一般的黑線遊走其身，快速而駭人地圈圈綑縛怨靈的臉孔與身軀，眨眼間就將祂捆成一團巨大的黑繭。

不待祂反應，褐袍老朽以驚人的速度自斗篷中端出頭骨製成的骨缽，另一手打開天靈蓋，缽口向其一伸，咒語一念，便將其收於其中。闔上蓋後，他老練地貼上青字黑符，封印即成。

院內冷冽的寒意隨即消失，老樹與廂房屋簷上的凍霜也在彈指間氣化，彷彿剛才怨念深重的惡鬼作祟不過是一場幻覺。

平頭殺手從頭到尾都只看見大師自己一人在那裡說話、比劃，正莫名其妙之際，便忽地瞧見大師迅捷如電地射出飛針，而那些針居然全數都定格在空中！不僅如此，下一秒，針針竟在他的喃喃細語中自行投入骨缽裡頭！這一切，簡直令人難以置信！

平頭殺手對鬼術師的恐懼與時俱增，卻不願也不敢表現出來，力作鎮定、面無表情。只因內心一直有個聲音警告著自己：若是一個不小心，很可能會面臨比死更痛苦的下場！

鬼術師一瞥後院，閉眼深深吸了口氣，嗅出府上生人所在，意有所指地笑道：「呵呵……奇了……」

說完，逕自朝後廂房門口方向走去。平頭殺手立刻跟上，赫然發現地上倒著兩個組員；其中一人的屍首分家，頭顱竟與軀體有十幾公尺之遙！

方才平頭殺手與鬼術師一同站在北棟西側的轉角，所以視線上有些死角，看不到後院東側的狀況。現在他一注意到，立即往地上那個沒有明顯外傷的組員跑去，確認其是否還有呼吸、心跳。

這時，鬼術師出言阻止：「不必……都死透了……過來。」

他怎麼會知道？平頭殺手詫異地想道。

「是。」平頭殺手不敢不從。他回頭再瞄了一眼地上的兩個組員，才跟著鬼術師進屋。

豈料，後廂房內居然有著數量驚人的骨骸，還躺著多達五個組員，幾乎佔了此次分組行動的一半！

他們全四仰八叉地倒在地上，其中一人的胸口還像插著蠟燭的生日蛋糕似的，令平頭殺手難以想像在過去的十幾分鐘之內，究竟發生了什麼事。

正當平頭殺手彎下腰要叫醒玄關旁的組員時，鬼術師忽然開口，食指顫悠悠地先後指向兩處：「去叫那兩人……其他都死了……別白費力氣……」

平頭殺手又是暗暗一驚，畢竟另外三人之中，只有一人有明顯外傷，他實在不知鬼術師是如何判定其生死。雖困惑依舊，殺手仍依鬼術師的吩咐行事。

然而，好不容易將兩個原本分別顧北門和查探後院的組員喚醒之後，平頭組長發現他們似乎受了強烈打擊，意識尚未完全恢復，別說是作戰實力堪憂，連走路都搖搖晃晃。

「一幫廢物……」鬼術師冷道，拂袖轉身走出廂房。

平頭殺手大步一跨便跟上老者的步伐，恭敬地詢問：「大師，我們還沒找到目標，請問現在要去哪？」

「逮人。」鬼術師的腳步雖緩慢，卻沒有半刻停留。

「您知道目標在哪裡？」殺手不解地東張西望。

老者突然停下腳步，說道：「你的問題……太多了……」

斗篷寬鬆的帽簷遮住鬼術師的表情，但殺手光聽他陰沉的聲音，便不禁嚥了嚥口水，連忙道：「對不起！」

鬼術師再次邁開步伐朝北棟東側走去，平頭殺手在其身後悄悄鬆了一口氣，再次跟上。

平頭殺手跟著鬼術師率先趕到東邊甬道，負責巡查東棟組與兩道甬道的殺手前來與他們匯合，其中一人還攙扶著守東門者。平頭組長一問之下，方知其是遭人突襲而被擊暈，與另外兩個隨後跟上的組員狀況如出一轍。

見組員死傷慘重，平頭殺手起疑道：「難道是有人騙了委託人？真的只有兩人進到霧牆裡嗎？」

按照委託人的說法，此次行動目標只有一男一女，另有一個駕車送兩人到霧牆前的刑警。為了避免徒生事端、引起警方注意，必須要在兩人出霧牆前，盡可能生擒至委託人指定的場所交付。

為了確保行動萬無一失，委託人還另請這位來歷不明的鬼術師隨同指揮調度，就連殺手們身上配戴的黑布袋，也是由他提供。

委託人看似是位非常謹慎的人，照他說，老梅村所有陳姓老村民應當都已被威脅利誘成了線民才對，怎麼會回報錯誤的消息給委託人？平頭殺手納悶地想。

「那些鼠輩是說不了謊的……」鬼術師幽幽地說。

「那他們兩個到底現在在哪？」平頭殺手憤怒地質問現場所有組員，「搜了十幾分鐘，連個人影也找不到！區區兩人就撂倒了三個、殺了五個？回去怎麼跟老闆交代！」

「呵呵呵……有幫手是嗎……且看老夫！」鬼術師忽從寬大的袖口中，扯出一長串的黑色人形紙符，每張符紙的雙手都奇異地吊掛在紅棉線上。

「諸鬼聽令！」鬼術師破鑼般的嗓子有氣無力地喊道，「速搜府上生人！」接著他將那串紙人朝空中一揮，青藍燭火俐落地一掃而過，「去！」

一張張紙人不僅未遭焚噬，反而忽然僵硬地抽動了起來，像是有生命、意識似地，接連鬆開抓緊紅棉繩的雙手，四散飛竄而去，轉眼就消失在眾人的眼前。

在場所有殺手見狀無不呆愣原地，人人心中都感到一陣涼意，突然明白，為何此次行動的酬勞會如此之高、為何行動開始之前所有人都須簽下生死狀。

平頭殺手突然意識到：早在一開始進到這一片不自然的濃霧時，就該想到這次行動不會那麼單純了。難道大師剛才說的幫手……不是人？

須臾，一陣窸窸窣窣中，紙人陸陸續續飛回眾人所在的甬道裡頭。

鬼術師再次拉開那條紅棉線，紙人立即乖巧地伸手抓住線，便一動也不動地吊掛其上。

幾位殺手正想上前詢問鬼術師行動目標的下落，卻全被平頭組長伸手阻擋下來。他知道鬼術師不喜辦事的人有太多問題，若有必要，自會自己說出。

果不其然，待所有紙人歸位，鬼術師陰沉地說：「此地毋須久留……速離……」聲音聽起來，似乎對紙人搜尋的結果有些不滿。

殺手們皆摸不著頭緒，其中一位東棟組組員忙問道：「現在就要離開陳府了嗎？這次行動要結束了嗎？」

「結束？」鬼術師複述了一遍殺手的話，口吻像是覺得這問題很可笑一般。

他猝然回頭直視那位殺手，令後者瞬間因其面目與眼光遍體生寒。

「現在才正要開始啊……」他再次發出令人戰慄的笑聲，「嗚呵呵呵呵……」

＊＊＊

在吳常的帶領之下，他們倆沒一會就沿著陳府西側小巷進到四合院聚落之中。

吳常取下夜視鏡，潔弟則掀開頭盔面罩。此處天色不同於方才那般如墨，光線稍微亮了些，天空無雲卻陰沉沉的，遠處依舊濃如白漆，難以窺曉其中。

彷彿是嫌潔弟還不夠緊張似的，跑到一半的時候，吳常忽然對她說，他認為當年的屠殺行動事有蹊蹺。

慘案發生當晚，老梅村內，甚至是孤兒院裡，應該都有內賊接應，好讓殺手長驅直入。既然如此，他們此次探訪陳府，也有可能行蹤早一步被知曉、掌握。

除了須逃避可能從陳府追來的殺手，村內他處也可能有其他殺手埋伏其中，例如在其他三個村界主要出入口設點把守戒備。一旦有任何情況，第二批、第三批人馬隨時可以進來支援。

正是因為對那些殺手一無所知，吳常不願冒險久留，所以才盡快帶潔弟離開。

潔弟聽他這麼說，當真嚇得一陣膽寒，只好趕緊再含顆橘子糖果壓壓驚。既不安又不滿地想道：自從進了老梅村之後，就意外不斷。不只路上發現一堆警察的枯骨、孤兒院內在二十幾年前慘遭血洗，就連我們自己也被突然闖上門的殺手獵殺！這樣冒險犯難所得的線索，少得可憐就算了，還莫名其妙！

「看到這霧我就有氣！」潔弟忿忿不平地說，「明明之前不論進出村，窄道都會為我而開。為什麼現在走出陳府，又突然沒有了呢？怎麼一下認定我是老梅人，一下又把我踢出戶籍，這霧是不是有毛病啊！」

「一定還有什麼參數是我們沒掌握到的。」吳常回了一句只有他自己才懂的話。

潔弟心想：這下慘了，我們不僅要與追兵賽跑，還要跟時間賽跑。因為我們所在的聚落本身就會一直時空復歸，而且每一圈的時間區間起始點還都不同！我們隨時都有可能不小心踩進剛好歸零的時空圈裡，處境簡直比踩進地雷區還可怕！

當務之急就是盡量拉開與陳府的直線距離，如此時空歸零的頻率才會拉長，也可以大幅降低恰巧撞到「時間區間終點」的機率。

第二十五章
紙人

不同於進村時，須沿著無霧窄道在田埂、院落間彎彎繞繞地穿梭，此刻吳常、潔弟正在逃命，自然是慌不擇路地盡量朝濱海公路的方向直線飛奔。

潔弟實在沒辦法像吳常那樣從頭到尾保持沉著冷靜。沒了無霧窄道庇蔭，她自從出了陳府之後，就覺得少了靠山，很怕自己一個不小心就隨著所在之處時空歸零而就此消失不見。心一直七上八下的，右眼皮又一直狂跳，讓她越來越焦躁不安。

奔離陳府約莫十五分鐘左右，吳常看她體力透支，居然二話不說地揹著她繼續跑！

潔弟忍不住心花怒放，隨即想到最近餐餐吃他的、喝他的，體重肯定增肥不少，現在竟然還麻煩他揹著自己跑，頓時又覺得有點良心不安。

片刻之後，當他們從兩家四合院之間的防火巷穿過時，吳常忽地開口：「十分鐘。」

「啊？」潔弟問道。在吳常背後看不見他的表情和嘴形，不確定他想表達的是什麼。

「從這裡開始，時空歸零的頻率超過十分鐘。」他扼要地說。

「你怎麼知道？」她問道。

「算出來的。」

「這種東西還可以算？」她這才驚覺，他不僅能精確知道他們行進的路程長度，還不知道在什麼時候推算出，相隔陳府距離與時空歸零頻率的正比公式！

「當然。」

「你真的是人類嗎？是不是只是來地球玩而已啊？」

「每次妳說話的時候，我心裡也有一樣的疑問。」吳常平靜地回答。

「你怎麼這樣啊！我是誇讚你耶！」潔弟抗議道。

「我也是。」

「啊？」

「以黑猩猩來說，妳確實是——」

「停！」她打斷他的話，「好，我知道了，你還是專心跑吧。」

吳常果真不再吭聲。而潔弟的心則在滴血：這傢伙居然把我歸類在黑猩猩的圈圈裡，我在他心中根本人畜殊途！這下沒戲唱了！

一陣勁風襲來，一張黑色紙人忽然出現，不停繞著他們在空中打轉。要不是吳常立即止步，早就撞上去了。

「這是什麼鬼東西啊？」潔弟驚道。

「鬼東西？」吳常像是突然想到什麼似的，沉吟起來，「嗯……」

紙人莫名其妙地出現，還一直在他們身邊繞來繞去，打量、試探著他們。

潔弟一看，直覺就不是什麼好東西，當即對吳常說：「我們趕快想辦法甩開它吧？」

吳常正要回答，兩隻霧中仙突然自前方猛然撲來，那紙人也察覺到了，比他還早一步反應；轉過身去，直直往霧中仙疾衝！

三者交會的瞬間，霧中仙竟雙雙化成煙霧，飄散開來！顯然黑色紙人是霧中仙的剋星。

潔弟看得瞠目結舌的同時，吳常也趁機繞過紙人，提步狂奔。

沒想到，一眨眼的功夫，紙人又追上來了，而且這次不只一張，是同時出現幾十張！它們像是心有靈犀一般，不約而同地啪啪貼在防彈襯布上，甩都甩不掉，如蝗蟲過境一般轉眼就將襯布上的細孔遮得密密實實，蒙蔽他們的視線。

潔弟見那些紙人四肢居然會動，嚇得直發抖，緊抓著吳常肩頭，不知該如何是好。

沒想到那些紙人佔了上風還得寸進尺，幾筆簡單的螢綠色五官，竟然隔著布孔對他們露出嘲笑的表情，一看就令潔弟火大。

「欠扁啊！」她大喊一聲，熱血衝腦地從吳常背後跳下來，打算教訓教訓這些欺人太甚的小王八蛋。

「對不起啦！」潔弟對著地上一隻臂骨說。一手抓起，隨即劃開火柴將其點燃，骨頭霎時隨著上揚的火焰劈哩啪啦作響。

反正被紙人包圍的時候，周遭那些霧中仙也近不了身，所以她毫不顧慮地掀開襯布，就往紙人亂揮、亂戳一通，中間還差點不小心燒到吳常。

那些紙人很怕火，火光一照立即漫天飛竄閃躲，一不小心被燒著了，便立刻飄然落地成灰。

她太專心於掃蕩這些紙人，沒注意到屍骨延燒的火勢，突然之間就被燒到了手。她一吃痛，便反射性地鬆開手，火把登時墜地。

眼前殘存的一張紙人明明上一秒還背對著潔弟飛逃，卻在火把墜地時，馬上轉身、捉準時機撲向她！

更詭異的是，她突然全身動彈不得，只能眼睜睜地看它全速朝她的臉攻來！

「唰」一聲，紙人在離她眼睛不到一拳之處，被一道銀鋒削成兩半！

她瞬間感到心臟漏跳一拍，隨著兩片殘紙墜落，好不容易喘了口氣的她，立即瞪著吳常吼道：「你他媽是要劈紙還劈我啊！要是我鼻子再挺一點，兩邊鼻孔就分家了！」

吳常不答，揮刀後馬上彎腰拾起地上尚燃著火的臂骨，朝她背後又是一戳。

她轉身見到那被火苗啃噬的殘片，才意識到原來剛才還有一張紙人貼在她背後，隨即一想：該不會被紙人碰到就不能動了吧？

一想到剛才自己毫不顧忌地在滿天飛的紙人中亂打亂揮，心裡霎時一陣後怕。

吳常緊接著將矛頭轉向剛才被他切成兩片的紙人。沒想到，他才剛點著一片，另一片竟止住下墜之勢，乍然直往上竄升！速度之快，令人完全來不及反應！

不知為何，潔弟跟吳常都直覺大事不秒，兩人下意識齊聲說道：「糟糕！」

「快跑！」吳常再次將防彈襯布罩住她。兩人又開始沒命似地朝濱海公路的方向狂奔。

***

湧動的霧牆之上，五張紙人如同風箏一般懸浮在空中，它們的腳上都被一條紅棉線穿過。其中四張分別位於村界四個方位的主要出入口附近，剩下一張是鬼術師的所在位置。紅線的另一頭則是一大綑木製線圈，像是放線的轉軸。

突然之間，一張紙人殘片飛出白霧，直入五張待命紙人的視線，隨即像是力氣用盡般，馬上又墜入濃霧裡頭。

鬼術師頂頭那張紙人立即拉著線朝殘片的位置飛去，速如流星。

而在霧牆之中，鬼術師身旁，其中一個殺手手持的紅線圈轉軸陡地快速轉了起來！

「追！」鬼術師朝紅線飛馳而去的方向比去。

「是，」拿線圈的殺手問道，「那您……」

「甭管。留組長一人即可。快去！」鬼術師不耐煩地揮了揮寬大的袖袍。

話一落下，平頭組長接過線圈，其餘五個殺手立即自陳府大門的石階上、沿著紅線疾奔而去，身影馬上就消失在如霜般的白霧之中。

在平頭殺手的護送之下，鬼術師邊緩步跟上，邊盤算道：這兩人正逐步朝西側濱海公路前進，若派就近的西村口小組前去，有可能會打草驚蛇，引起將車停在西側的刑警的注意。倒不如調南村口的小組較合適。

待線軸不再轉動，鬼術師立即自懷中另取出一枚紙人，以黑針在符上快速揮毫，將之掃過燭火，命令道：「去！」

在那張紙人消失之前，平頭殺手看見上頭浮現出青綠二字：速至！

***

在一片白茫茫的濃霧之中，吳常早將整個老梅村的格局給印入腦海，在慌亂之中仍火速地領著潔弟穿過一條又一條大街小巷，判斷前進的方向一點猶豫也沒有。

潔弟想問他是怎麼辦到的，但此時已是氣喘噓噓，想問也開不了口。

吳常見潔弟喘得像是耕田老牛似的，急忙就近找一處四合院讓她稍作休息。

她一走進曬穀場，便靠著廂房角落的磚牆坐下休息、喘氣。

吳常在她旁邊喝水解渴，神色如常，一點也不像是剛跑了二十幾分鐘的樣子，只是從背包中掏出幾顆潔弟偷塞的糖果，灑向特定幾個區域作為觀察點。

正當她慶幸一路跑來都還沒遇到剛好踩進時空歸零的區域時，吳常丟在曬穀場深處，正廳門前的梅子糖突然消失了！

「走！」他一把把她提起來，快步朝時間剛起始的廳堂走去。

他們才剛跨過門檻，進到正廳，轉頭一看，剛才坐下休息之處的糖果在頃刻間消失了！

「好險！」她剎時感到一陣毛骨悚然。實在沒辦法想像自己若是晚那麼幾步，現在人會在何方。

她心裡尖叫道：不管是地獄還是火星都超可怕啊！

＊＊＊

自陳府出發的五個殺手迅速跟著紙人牽引的紅線，來到目標方才與紙人交手的位置。

兩個原本負責搜查陳府東棟房舍的組員主張即刻就近展開搜索，以縮短整個行動的作業時間。

而先前被吳常擊暈的三個殺手，儘管狀態都已恢復得差不多，但銳氣卻大減，變得更加小心謹慎、不敢貿然前進，認為待平頭組長和大師到來之後再依指示行動較恰當。

眼看兩派意見僵持不下，其中一個搜東棟的組員提議折衷：「那你們三個就待在這，我們兩個先往前搜。」

「好，有狀況就打信號彈。」原本機動搜查後院的殺手說。

「這霧這麼濃，打了你們看得到嗎？」東棟組員回問。

在場眾人都直覺答案是否定的。在一陣你看我、我看你的尷尬沉默之中，東棟組員又自己接話：「我想，目標逃跑的目的大概是想要趕快離開這個村子吧。既然如此，應該就會順著紅線這條直線往濱海公路跑才對。我們只要繼續往前急追，應該很快就可以找到目標了。」

「快走吧！」另一個東棟組殺手躍躍欲試地催促著夥伴。他知道此趟目的未達成，酬勞一塊錢都別想拿到，「等到目標跑出了霧牆，行動就算失敗！我可不想做白工！」

兩個東棟組組員對看一眼，有了共識，立即舉槍挺進，沒幾步就消失在其他殺手的視線之中。

「唉，這霧這麼濃，真不知道待會要怎麼找他們。」原本負責守陳府東門，一度被吳常打量的殺手說。

「現在也只能期望他們不會走偏了。」守府院北門，也一度被吳常打量的殺手說。

「我們不是還有那位大師嗎？」負責搜後院，同樣也一度被吳常打量的殺手說，「我看他就有這能耐找人。」

兩個守門者聽他這麼一說，也隨其目光，愣愣地看著腳邊滿地燒剩的符紙。地上甫熄滅的骨骸上頭，還留有餘溫地飄著惡臭難聞的灰煙，絲絲勾起三人對於鬼術師和此處的敬畏。

第二十六章 時空區間

潔弟才剛坐到地上休息沒多久，院外的霧中仙便像是感應到院落裡有生人似地，一隻隻越過院牆、飛過曬穀場，直往他們所在的廳堂方向撲來。

她見狀立即伸手將雙開門扉闔上、橫擺上木門，並且反射性地將背包旁的防彈襯布披在身上以防萬一。

原本在廳堂後方四處查探的吳常，一聞聲也立即奔過來察看狀況。

來不及止住勢的霧中仙一隻隻相繼撞上木門，發出「咚咚咚」的撞門聲。霧中仙雖不受村內時空復歸影響，卻不能穿牆而過，是以將廳堂門一關上，便可以輕易將祂們阻擋在外。

只是這戶的木門看起來並不堅實，四個邊角都有些腐朽，能頂得住一時半刻就偷笑了，實在不能寄予厚望。於是他們轉身將廳堂裡的桌椅搬過來抵在門扉較薄弱的地方。

「真是有趣，如果我們改變這個區域裡的擺設，那麼時空重置的時候，會發生什麼事？」吳常持續發揮他的探索實驗精神。

「誰知道啊！都什麼時候了，你還有心情研究啊！」潔弟邊說邊跑到門旁的窗戶往外看去。

外頭聚集越來越多的霧中仙，雖然暫時對他們構不成威脅，但見祂們漫天婆娑起舞的樣子，還是覺得毛毛的。

「符呢？」吳常問道。他不知道什麼時候跑到她旁邊，一同向窗外瞧視。

「丟啦！」潔弟聳聳肩，「剛才我在後廂房裡把符袋割開來看的時候，發現裡面裝的是邪門的噬靈符，馬上就把它丟了。」

既然都提到了，潔弟也順便跟吳常簡單說明噬靈符的功用和由來，沒想到他反而更是惋惜、更是不認同她隨手就把它丟了。

畢竟要一直撐著防彈襯布跑也滿累、滿麻煩的，所以潔弟以為他想用這符來隔離黑影，便勸說：「那種凶惡的東西帶在身上多可怕啊！我還不如辛苦一點，頂著布跑。」

「不只是這樣。」吳常說，「我認為那群殺手不可能全都是正統的老梅人。他們既然可以順利進到陳府，就有可能是依靠噬靈符。」

據他推測，噬靈符不只可以吞噬黑影般的霧中仙、鬼魂，還有可能讓佩戴者跳脫時空區間，不受時空復歸的影響，因此能在詭霧裡自由遊走。

「吼唷，那你怎麼不早說！害我一路上都提心吊膽的！」潔弟幾近抓狂地說。

「我以為妳一直都帶在身上。」吳常神色仍舊淡定。

木門那不時傳來搔抓的聲音，令潔弟感到一陣雞皮疙瘩。與其和霧中仙在這邊內外僵持，還不如一鼓作氣衝出去，盡快擺脫祂們。

更重要的是，他們所在的這一區在幾分鐘之後，一樣會面臨時空復歸。要是在時間歸零之前沒離開，他們就很有可能在時空重置的瞬間就此消失。

「呃……我們差不多可以走了吧？時間剩不到十分鐘了，乾脆從後門衝出去吧！」潔弟提議道。

「是八分二十六秒。」吳常糾正，面色嚴肅地說，「後面都被封住了，整個廳堂只有這道門。」

「不會吧！」

「連兩邊耳房的牆上有氣窗，不過從那裡出去的意義不大。」

進來這家的時候，周遭都被白霧籠罩，所以潔弟沒仔細打量格局。現在她才意識到，這四合院不若龐大的陳府大院，而是最普遍的口字型一進院落。圍牆雖也有四面，但出入口還是只有街門一處。

她想，看來要離開這個院落，眼下只能披上防彈襯布，硬著頭皮開門穿過被霧中仙擠得水洩不通的曬穀場了。

吳常也不給潔弟半點心理建設的時間，提起背包就丟給她，披上防彈襯布，便直接將門打開。

同一時間，這些霧中仙不知為何突然從街門至廳堂、由遠至近，嗖嗖一哄而散。

四周再次回到初始的靜謐，卻無法令人放鬆，反倒像是暴風雨前的寧靜。

潔弟惴惴不安地跟著吳常跑到街門，門才剛「嘎咿」一聲開啟，兩支黑色槍管便從迷霧中浮現！

「磅！」吳常立即抽身將門闔上、插上木閂。

怎麼那麼衰啊！潔弟心裡尖叫道。

這才明白為什麼剛才霧中仙都在一瞬間成鳥獸散。祂們大概在殺手進村的時候，就已經見識過他們噬靈符的厲害了吧。

她腳還沒站穩，吳常便急拉著她奔至東廂房與廳堂東耳房中間的一塊狹窄空地，從她背包裡抽出傘繩、信號槍，還有背心口袋裡的電擊棒。

「碰、碰、碰！」一聲又一聲的猛烈撞門聲，預告著街門很快就會失守。

她焦慮萬分，又不敢出聲，只能站在吳常旁邊乾著急，等他給自己指示。

他雙手俐落地在傘繩上綁上一個鈎爪型的金屬物件，像西部牛仔套索一樣，轉了幾圈，朝牆外奮力一擲。傘繩像是勾住了什麼東西似地剎那間繃緊成一條斜上去的直線。隔著白霧也看不清楚，可能是勾到了隔壁那戶人家的樹或屋頂。

他又用力扯了幾下，確定牢固後，便彎腰將掉在地上的防彈襯布披在她身上。接著舉起手上的信號槍，問她：「出發前曾經教過妳。還記得怎麼用嗎？」

「嗯。」她點點頭。

「一出霧牆就開槍。志剛會馬上趕到。」他邊說邊將槍塞進她空的背心口袋。

「什麼！他一直都在村子附近嗎？」她錯愕道。

「他不會離開的。」吳常一副理所當然的樣子。

「噠噠噠噠噠——」突然一串槍聲嚇得她下意識抱頭蹲下。
「妳過去之後馬上把繩子收走。」他說。
「為什麼這麼說？你要幹嘛？」一股不祥的預感在她心中開始發酵。
「開始倒數，七分三十九秒。」
「要幹嘛？」她邊看手錶邊問。
「如果剩下一分鐘，我還沒回來——」
她猜到他要說什麼，趕緊打斷他：「沒有如果！你一定要回來！我不管！」
「磅！」街門被撞開，兩個黑衣殺手持著步槍跨過門檻而來！
「先躲好。」吳常低聲說道。
此處與陳府不同，他們與殺手們之前隔著濃濃白霧，彼此都看不見對方。她實在不知道吳常要怎麼在七分多鐘內解決他們，還能全身而退。
吳常戴上材質如同外科手術用的白色絕緣橡膠手套，轉身拉開鋼線，動作飛快地將線的一端纏繞在軍用電擊棒上的電擊頭和塑膠殼身；線的另一端綁在另一個金屬鈎爪上，猛力拋向斜對角的西廂房屋頂。
「叩！」鈎爪敲到磚瓦上，發出一聲低鳴。在寂靜的院中顯得特別響亮。
兩束綠色雷射光立即掃向西側屋頂。
吳常驟然彎下腰，往街門的方向疾奔，一手持槍，一手按下電擊棒開關、拉著鋼線橫掃整片曬穀場！

***

兩名東棟組殺手才剛從街門外一前一後地衝進來，便聽得院子西側傳來一聲硬物撞擊聲。他們立刻機敏地將步槍對準音源。

「滋滋——」輕微的電流聲響隨著吳常迅捷的腳步聲緊跟著出現！

兩個殺手一轉身，一抹高大人影忽然穿出濃霧！

站在前面的殺手腹部突遭電擊，頓時渾身癱軟倒在地上；後面的殺手舉槍的手狠遭射穿，步槍隨之墜地。

吳常不給他們任何喘息的機會，眼明手快地將通電鋼絲繞過他們頸間，同時抽出刺刀劃過他們的頸繩，在兩枚噬靈符墜地之前搶先抓在手中。其動作之快，在他們看清他的面貌之前，便已消失在濃霧之中。

***

潔弟眼巴巴地等著吳常，好不容易見到他的身影再次從迷霧中浮出，眼淚都快掉下來了。

「剩下多少時間？」吳常將其中一個噬靈符塞進她背心口袋裡。

她雖然很抗拒這種邪門的東西，但兩害相權取其輕也，寧願冒著符袋裡惡魄隨時會掙脫的風險，也不要因時空歸零而被瞬間抹除掉啊。

「呃，」她看了一下錶，「剩七分二十秒。」

「是七分十九秒。」他糾正道，「現在剩七分十六秒。不過現在有了噬靈符，就不用擔心時空復歸了。」

吳常往後退兩步，再助跑一躍，伸手便攀上院牆，跨坐其上。潔弟在他的幫助下，也隨即拉著傘繩爬上牆頭。

他們才剛在兩戶人家中間的防火巷中落地，一群麻雀似的紙人便急轉進巷口，絲毫不懼他們身上的噬靈符，直撲他們而來！

第二十七章
借屍

「沙沙沙——」沓雜的腳步聲猶如行軍一般迅捷而至。

原於南村口的六人小組在紙人的引領下隨後趕到，在半路上與搜查陳府的三個殺手會合，在此等候鬼術師與平頭殺手。

片刻之後，鬼術師秉燭，攜平頭組長而來。眾人無不屏息以待，不知其是否又會施法使喚紙人搜捕目標。

不料，鬼術師只是停下腳步，仰頭闔眼吸氣。幾秒後，吐氣之時，緩緩張開眼，伸手指向西南方：「搜！」

「是！」九個殺手齊應，立即往前飛奔。

鬼術師眼見自己與目標的距離越來越近，當即為之一振，原來緩慢的步伐也加快了不少。

「快了……快了……」他喃喃道。雀躍之情不在話下。

一旁的平頭殺手看在眼裡，雖仍面無表情，實則心裡又懼又好奇，直覺告訴他：大師完成任務的酬勞應該不是錢這麼單純。那他到底要的是什麼？

幾分鐘之後，鬼術師似乎焦躁難安，恨不得自己能插翅疾追。

「太慢了、太慢了！」他先是自言自語，接著又食指指向前方，對身旁的平頭殺手說，「你，快追！」

平頭殺手知道鬼術師不喜人猶疑不決，自己又巴不得能離他遠點，立即點頭稱是，舉槍就往前衝。

鬼術師抬起枯瘦的手指，尖利的指角刮下一塊屍油蠟燭，以暗銀色符紙將油膏捲起作菸，藉青藍燭火點燃，立即亮起一道細細的青色火圈。

隨著如墨般的黑煙升起，腐敗的屍臭味更加濃厚刺鼻，鬼術師以嘴就菸深深吸了一口：

「嘶──」

黑煙被反向吸入其內，符紙燃燒飛速，其胸腔逐漸鼓起腫脹，肋骨開始一根根發出啪啪斷裂聲響！

符紙火紋轉眼移湊至唇邊，鬼術師即時鬆手，將皮囊內之氣一股腦地全數吐盡。剎那間，脫口而出的黑霧如雷雲湧動似地將其身籠罩起來。

霧中隱隱若現的青藍燭火忽地抖動兩下。在光亮消失的瞬間，濁濃的黑氣也隨之化開，裡頭除了瀰漫四周的白霧，什麼都沒有……

＊＊＊

九個殺手一路跑過大街小巷，隨著環境靈活變換隊形，健步如飛地掃過眼前所有的宅院、平房。甫跑出一條窄巷，來到橫向的石板街道，眾人立即一字排開往前挺進。

眼前又是一排比鄰的四合院。大伙快速以手勢比劃、分配，拆成三組一間間上門搜查。

原本搜查陳府的三個殺手自然地分為同組，一起小心翼翼地邁入正前方的四合院。

才剛跨過門檻，守北門的殺手便發現前方地上倒臥兩個裝束與他們相同的人，立即低聲喚道：「你們看！」

同組的兩個殺手急忙上前，分別站在這個殺手的左右兩側戒備，目光銳利地掃過周遭。

三個殺手一同走到地上兩人身旁，發現他們的確是自己人。守北門者立刻蹲下觀察，見兩人頸部都遭軍用鋼絲綑住，立即幫其鬆綁，並確認他們是否還有生命跡象。

守東門者先是捲起鋼絲，發現一端的盡頭似乎卡在斜上方的廂房屋頂，無法扯動；另一端則連著電擊棒的通電金屬。

他頓時一驚，連忙鬆手。下一秒才想到，自己是赤手拉線，若是還通電，自己早就觸電了。同時，也慶幸電擊棒的電力已告罄。

兩個倒地的殺手情況看來相當嚴重，頸部皆有一圈明顯焦灼的痕跡，雖還有呼吸心跳，但非常薄弱。守北門者判斷兩人應是一時受強烈電擊而昏死過去，需要盡快送醫治療。

搜後院的殺手與守北門者各自揹起昏迷的同伴，朝外頭走去，打算呼救。

沒想到他們才走上街頭，周遭開始風起霧湧，其中兩名失去符的殺手看見數道人形黑影突然前仆後繼、蜂擁而來！

他們見情況不對，立即放下背上的同伴，瞇著雙眼，舉起步槍戒備。守東門者雖不明就裡但也跟著嚴陣以待。

轉眼間，黑影們全都飛快地繞著街上一處空地逆時針打轉，而且越來越快，立即就形成小型的黑色龍捲風。

兩名殺手這時才在強勁的風中看出，祂們是被某種不知名的強大引力吸過去的。

突然間，所有黑影都隨著狂風剎然而止而消散，原來風眼處則陡地出現一抹詭異的身影。

鬼術師仍舊穿著黑袍、褐斗篷，頭以下像是一團沒有明顯形狀的黑霧，飄浮在空中頂著斗篷帽，無肩、無軀幹、無四肢，空無一物，甚至比周圍那些人形的黑影還不如！

「過來……」蒼老而無力的聲音自黑霧裡發出。

眾人一聽，皆駭然不已：這不是大師的聲音嗎！他怎麼變這樣？他到底是人是鬼？

「把地上那兩個抬過來……都抬過來……」鬼術師低聲道。

負責搜陳府後院的殺手，雖然很害怕，但心想大師一定有辦法救同伴，便與守東門者一起將兩人揹過去。

他們一將那兩個昏迷的殺手放在鬼術師下方，後者立即再次深深吸了一口氣。兩個昏迷者皮膚竟立即轉為醬紫色，肌肉像是瞬間消氣一般凹陷下去！

一眨眼，地上就只剩兩具與陳府後廂房屍堆差不多的枯骨！

守東門者馬上倒抽一口氣，守北門者一連倒退好幾步，而搜後院者則全身顫抖個不停。三個殺手無不震驚，心中想的無非是：大師居然把他們兩個都吸乾了！他根本不是什麼大師，是妖怪吧！

「嗯……」鬼術師長吁一口氣，「好多了……」

他不但重現人形，更能挺直背板，與大家一開始見到的那般佝僂虛弱顯然不同。

與此同時，兩、三張紙人自街道前方飛來，降至他的掌心，指引方向。

從頭看到尾的三個殺手嚇得瞠目結舌，快要魂不附體。另外六個殺手也完成搜查，趕來集結。

這時，他們身旁的窄巷中衝出一個高壯男子，正是平頭殺手。他見到鬼術師也愣住了：怎麼可能這麼快！

不過身為組長的他，心理素質比其他組員好得多，半秒就恢復鎮定，對鬼術師點點頭：「抱歉久等了。」

「嗯……」鬼術師瞥了他一眼，說道，「追！」

此刻，他的步伐遠比方才敏捷穩健許多，幾乎與其他殺手快步時的速度無異，令眾人暗暗咋舌。

守北門者跑了幾步後，鼓起勇氣問道：「那個……那他們兩個……」他指著後方地上那兩具乾屍。

「重要嗎？」鬼術師的眼睛射出兩道寒光，「看清楚了……」

守北門者不明白他的意思，只是被他那駭目的臉孔與令人發寒的眼睛給震懾得說不出話。

一眨眼，失去噬靈符的兩具骨骸，因那區時空歸零而同時從所有人眼前消失！東棟組殺手從此不存在人間！

而他們方才進入的四合院，也霎時再度回歸至二十五年前的那個夜晚，大霧初降的瞬間。院內空無一人、一物，方才廳堂裡移動過的桌椅、雙開門扉也全都恢復原狀；曬穀場上的鋼絲與遺留物也隨之而逝。正如妖霧中的其他角落，院裡、院外的時空，如常地一遍遍上演相同的寂靜，彷彿灰姑娘的城堡般，在詛咒解除的那天來臨之前，將永遠沉睡不醒……

＊＊＊

「快跑啊！」潔弟叫道。

眼見紙人來數眾多，噬靈符對它們又不管用，她慌張地想抓著吳常跑。沒想到他卻只是將防彈襯布丟在她身上，伸手從一邊袖口中抽出一大串由五顏六色絲巾綁起來的布條，雙手抓著兩端奮力一抖，赫然變成一張寬大的白色桌巾。他朝桌巾用力吹一大口氣，布的中央頓時燒了起來，火焰轉眼就從中央向四角蔓延開來！

所有追過來的紙人一頭栽進桌巾，也跟著熊熊燃起。吳常迅捷地將桌巾往前一抖一揮，巷道裡密密麻麻的紙人立刻滅了八、九成。

潔弟正急著想幫忙，就見十幾個零星的紙人突然飛躍過桌巾來到他身後，當即脫下護腕點燃，把紙人一一給燒了。

眼見周圍沒再出現紙人，她立即又把護腕上的火吹熄。

還來不及鬆一口氣，吳常突然拉著她跑：「快走！」

「為什麼？」她一邊使勁奔跑，一邊回頭看，赫然發現後方巷口的霧中又浮出了幾支黑色槍管！

才剛跑出巷子，一群黑衣持槍男子就將他們團團包圍。

她難以置信地想：怎麼可能？他們怎麼知道我們在哪？

她反射性地轉身，想跑回巷子，隨即映入眼簾的卻是三個殺手正舉槍從巷裡快步走出！

他們全都冷著一張臉，眼神充滿殺氣。如果她沒記錯的話，其中兩個還是方才在孤兒院裡被吳常打暈的。說不定另一個也是，只是她沒看到。

潔弟忍不住瞪吳常一眼，心想：打也不打用力一點！這下好啦，全都醒過來找我們算帳了啦！

第二十八章　柳成蔭

潔弟眼見自己身上同時有好幾個綠色雷射光點在飄移，意識到死亡離自己如此之近，她當真覺得要嗚呼哀哉了！

正所謂人之將死，其言也善。潔弟誠惶誠恐地對吳常說：「糯米腸，沒想到我王亦潔這輩子這麼短，就只能活到今天了！我看你自己逃命吧，不用覺得對不起我，十八年後我還是一條好漢！」

說到一半，眼淚就開始在她眼裡打轉，難過地想著：可憐我母胎單身，睫毛就算結紮了都還能娶妻呢……既然都要死了，那還是多吃點好了……

於是又淚眼汪汪地一把將背心口袋裡的糖果拿出來塞嘴裡，又拿了一顆要分吳常吃。

吳常鄙夷地看了她一眼，神色泰然地轉頭對殺手們說：「槍口不必對著我們。你們的任務應該是活逮我們吧，否則你們剛才早就開槍了。要是我們有個三長兩短，你們就算任務失敗。」他邊說話，邊偷遞一副特殊隱形耳塞給潔弟，自己也迅速戴上。

潔弟雖摸不著頭緒，但想來吳常大概已有應對之策，這才稍微冷靜下來，趕緊戴上耳塞，靜待吳常的下一步。

原本駐守南村口的小組長聽了吳常的話，正要開口，平頭殺手突然從潔弟、吳常背後的巷子裡快步走出，沉聲說：「沒錯，一切等大師的指示！不准輕舉妄動！」

潔弟心中疑道：大師？誰啊？

吳常趁機按下手錶上的按鈕，在場所有殺手立即面露痛苦表情，摀住雙耳，身體不自覺地彎腰。這是吳常為了表演「震碎玻璃」魔術，建置在手錶上的微型超音波器，市面上通常應用在驅鳥或驅蟲器上。未戴耳塞的情況下，即使人耳聽不見聲音，高頻依然會對人體造成傷害。不過吳常手錶上的超音波器是由奈米電池供電，電量有限，所以只能持續不到十五秒。非到緊急關頭，不會輕易使用。

其中一個殺手下意識摀耳，手上的步槍因而墜地，不小心走火、射中另一個殺手。而後者的步槍恰巧在全自動射擊模式，他一中彈便不小心按下扳機，瞬間炸響起一連串開火聲：

「噠噠噠噠噠——」

一時之間，槍林彈雨、人人自危，殺手們各自躲閃、找掩護，無暇顧及其他。吳常見機不可失，馬上抓著潔弟趁亂逃跑。

吳常的超音波器屬於短程攻擊，只能在一定範圍內對聽覺產生短時間影響。儘管它很快就因沒電而自動關機，殺手們仍舊頭昏眼花、搖搖晃晃，一時沒辦法追上去。

然而，平頭殺手不是省油的燈。他馬上就看出是目標搞得鬼，氣得朝他們下肢連開數槍，但因頭暈、耳鳴，精準度大打折扣，根本無法嚇阻他們。

吳常和潔弟把握這珍貴的數十秒一路跑出四合院聚落，來到田埂路上。潔弟的信號槍掉了，回頭撿起時，就看到平頭殺手滿臉怒容，全速朝他們衝來！

「妳先走！」吳常乍地止步，回頭朝平頭殺手開槍。

但平頭殺手奔跑的速度太快，身後又有追來的組員掩護，對吳常連連開槍，是以吳常連開兩槍都沒擊中。無法與平頭殺手拉開距離，吳常只能就近躲進聚落邊緣的一處巷道之中。

潔弟心裡亂糟糟的，一面擔心吳常寡不敵眾，一面又想趕快跑出霧牆向志剛搬救兵，倉皇失措下竟鬼使神差地朝天空射了一槍信號彈。

只見一簇亮光「砰」一聲直往上空竄去，接下來的視線全為濃霧所掩蔽，猶如墜入深潭中的石子，見不著蹤影，也聽不到半點聲響；根本看不出它飛到多高，也不知到底能不能引起外頭的注意。

潔弟再回頭一看，大事不妙，吳常早已不知所蹤，眼前只剩即將跑出聚落街道的追兵！

她只好咬牙，轉身獨自朝濱海公路的方向拔腿跑去。

＊＊＊

平頭殺手轉眼間就追進巷裡，一見吳常就躍起側身飛踢而去。吳常立即閃過，眼疾手快地一轉刺刀，就俐落地在其腿上劃開一道血淋淋的傷口。

平頭殺手凜然一驚：身手這麼好，目標到底是什麼來歷？

他不敢再掉以輕心，抽出刺刀也朝吳常攻去。兩人打鬥攻防皆迅捷如電，但平頭殺手還是略勝一籌，很快就佔了上風。

吳常不敵攻勢凌厲的殺手，身上也掛了彩，被他節節逼退，卻仍氣定神閒，等待時機發起奇襲。

平頭殺手正打得虎虎生風、勢不可擋，他趁吳常閃避右邊攻擊時，又趁勢打出一發左拳，卻沒想過吳常是佯裝力竭，故意露出破綻。

說時遲那時快，平頭殺手欺近的瞬間，吳常的臉陡地稍稍一偏，再次閃過拳頭，同時手趁機一揮，割開殺手的噬靈符！

平頭殺手既錯愕又困惑，低頭一看，符袋墜落地面的那一秒，時空再度歸零，殺手倏忽即逝、了無蹤影。

＊＊＊

這裡天空又更明亮了些，然而此時卻是風聲鶴唳，草木皆兵，前、後方同時沙沙作響，令潔弟嚇得心驚膽跳，不知該往哪裡閃躲。

舉目望去，四方都是空曠的田野，根本無處容身。她心裡猶豫：是不是忽略那些聲音，繼續往前跑？還是先回頭躲進聚落裡面？

猶疑了兩秒，思緒忽然暫停，她倏地冷汗直流、喘不過氣，感到一股強大的壓迫感正從後方逼來，勢如大軍壓境！

四個殺手很快就從濃霧裡奔出，將她包圍，她根本來不及逃。

她想剛才槍枝走火，對方應該有傷亡。就是不知道吳常現在到底生在何方，是否無恙。

四個殺手只是舉槍對著她，沒有其他動作，似乎在等待著什麼。

隨著那股壓迫感越來越大，一抹顏色黯淡的人影在霧中漸漸清晰。直覺告訴潔弟，他就是殺手口中的「大師」！

隨之而來的是濃重的腐敗氣息，與陳府後廂房內的惡臭不相上下。

後面兩個殺手分別退向左右兩旁，一位披著褐色斗篷、內穿黑色古式長袍的人赫然出現，從前面兩人中間走了出來，一直到距離潔弟不到三、四公尺左右的距離，才停下腳步。

雖然她與他的距離拉近，但他始終低著頭，寬大的帽簷遮住他的臉龐，令她無法看清其五官表情，顯得神祕又鬼祟。

潔弟突然發現自己冷汗淋漓，背心裡的 T-shirt 都黏在背上了。

「嗯……」他沉吟了一會，說道，「有心栽花花不開，無心插柳柳成蔭……」

潔弟心裡詫異道：有病吧，都什麼時候了，你在這邊跟我吟詩作對？

「好久不見……我等妳等了好久了……」他又說道。講話一直斷斷續續，似乎是肺活量太低，又像是在思酌的樣子

「什麼嘛，原來認識啊。」潔弟打哈哈地說。

他的打扮這麼古代，又將自己包得密不通風的，令人無從看出面貌、身形，潔弟完全猜不出他的來歷身分，只覺得自己與他八竿子打不著、根本不可能認識。但是眼下這種局面，逃也逃不了，也只能硬著頭皮應對：「呃……那個，你、你哪位啊？」

「我？」他說道，「我曾有過一個名字……後來不斷改名換姓……如今，成了鬼術師……人人都喚我為大師……」

他的聲音低沉又粗糙，潔弟聽久了都覺得耳道要被刮花了。

她莫名打起寒顫，直覺就想離他遠一點。但還是順著他的話，違心地笑道：「原來是大師啊！久仰久仰！那……你們來抓我幹嘛啊？」

「嗚呵呵呵……」鬼術師仰天一笑，笑聲似野狗悲鳴，既詭異又刺耳，「想不到啊，想不到……娃兒小小年紀，說起話來卻油裡油氣……世道不同囉……」

第二十九章
術師對決

話語剛落，鬼術師緩緩低下頭，平視著潔弟，將斗篷帽子掀開，露出他的面孔。

潔弟猛地倒抽一口氣，心臟像是遭拳頭重擊般漏掉了一拍。她以為他的體臭還有聲音已經夠恐怖了，沒想到他的長相更恐怖！

那已經不是枯槁可以形容了。有些人毒舌，會說老者是一腳踏進棺材。但眼前這個人簡直乾枯到可以直接拿來當棺材板了！

他的頭顱乾癟，滿是皺摺的頭頂上只剩幾根長長的白髮。最令人駭目的是那張臉！

那是一張垮下來的人皮！

她甚至懷疑那根本不是他的臉！像是從別的屍體上硬生生撕扯下來，黏貼在自己的臉孔上，很不服貼。

鬼術師又往前走了幾步，將他們之間的距離拉近不到一步，頓時臭氣薰天。潔弟心生怯意，想拔腿就跑，但是被他的臉嚇呆了，雙腳像是生根似地動都動不了，只能眼睜睜地與他四目相對。

她可以清楚看到他那張鬆垮的臉皮，下巴部位如長裙般隨著步伐微微擺動，彷彿隨時會整張滑落一般。而她也注意到人皮的眼窩之處，露出雙眼下方早已腐敗的爛骨。

他的雙目卻異常的完好，此時從中射來兩道妖異的幽光，潔弟感到一股冷冽的寒意如冰桶灌頂，直達骨子裡，登時寒毛直豎，頭皮發麻。

她心下先是一驚：老成這副德性，不是認識我，是認識我祖先吧？隨即又轉念一想：哎，該不會是認錯人了吧？如果讓這什麼鬼術師的發現自己認錯人，會馬上殺了我嗎？

鬼術師見她一臉驚恐，又說：「怎麼？我的臉……真有如此嚇人？」

潔弟心裡吼叫道：你這副樣子，死人都給嚇還陽了好嗎！還需要懷疑嗎！

她瞪大的眼睛盯著他，霎時不知該回什麼好。雖然她的確是個愛睜眼說瞎話的導遊，但凡事總還是有個底線，像他那樣的尊容，她實在沒辦法安慰他「每個人都是獨一無二的」、「男人是越老越有魅力」這種屁話。

「嗚呵呵呵……」鬼術師被她的反應給逗笑了，「是也沒關係……只要今日妳奉獻肉身於我……我自當改頭換面……」

潔弟當即環抱住自己，心中駭異萬分：什麼！我有沒有聽錯？「奉獻肉身」？是要我以身相許嗎？這句話不論怎麼解讀，聽起來都好可怕啊！

「什麼奉獻肉身啊？」她惴惴不安地問道。

「我……要妳的皮相和七魄！」鬼術師壓低了嗓音，斬釘截鐵地說。

「什麼！」她失聲大叫。怎麼也想不到，鬼術師不是覬覦自己的美色，而是要鳩佔鵲巢，奪走她存在於人世間的所有憑藉！

她心下駭然：他這難道是要借屍還魂嗎？該不會他現在這身也是從哪個墳墓裡挖來的吧！

「只要妳乖乖臣服於我……我定當免妳苦痛，不傷妳三魂，妳自可決定……流連世間或赴地府報到……否則……我要妳三魂俱滅！永世不能超生！」

潔弟心想：姑且不提沒了七魄是否還能通過混沌七域，抵達陰間，我三魂都沒了，哪還有命在！這根本形同死亡！沒想到這個木乃伊就是要我死！

想到自己命在旦夕，她不禁悲從中來，心裡悲苦地吶喊道：天公伯啊！我上輩子是調戲祢老婆是不是？祢為什麼要這樣對我？

又悲又懼之下，潔弟抿起嘴唇，闔上雙眼，有了受死的覺悟。可是，她又忽然想到吳常，想到他還深陷在四合院聚落中的某處孤軍奮戰、等待救援，她怎麼可以這麼輕易死掉？她絕對不能放棄！

她張開雙眼，握緊雙拳，竭力保持冷靜，開始思酌起來：吳常剛才說得沒錯，很明顯這些殺手聽命於面前這個木乃伊。若是他們真要殺我，之前有那麼多機會，我早就死一百次了。想必我對木乃伊還有些利用價值。至少，他應該不會希望我的身體遭到絲毫損壞。

「你……你，我們有話好說、好商量，」潔弟戰戰兢兢地說，「那麼多把槍指著我，萬一不小心擦槍走火，把好不容易抓到的人打死了，不就功虧一簣了嗎？」

鬼術師聞言，立即拂袖一揮，示意四人將槍放下，殺手們也果真依令行事。

她這才稍稍鬆了口氣，拍拍胸膛，暗暗想著自己或許還有機會可以逃出生天。

「死了也無所謂……」鬼術師目露精光，「我德皓自有辦法將妳救活，不過就是可惜了這副皮囊多了幾個疤。」

「德皓？這名字怎麼有點耳熟？」她心裡納悶道：我是不是在哪聽過？我該不會跟這木乃伊以前同班吧？

「砰、砰、砰！」三聲俐落槍聲陡地響起，接著傳來富磁性的男性聲音，「唉……他是老道那位擅長醫藥的師叔，陳——德——皓。」

鬼術師左右兩側的殺手隨之向前倒地，大量的鮮血立刻從他們身上的彈孔中溢流而出。他們身後的白霧裡，走出一位身穿淺色西裝的高大男子，步伐優雅而穩健。

「吳常！」潔弟登時眼淚如泉水般再次湧出，又驚又喜地喊道。心想：你沒事真是太好了！

同時她也注意到，德皓中槍後，只是身體虛晃幾下，眉心出現一個射穿的小窟窿，卻沒有半滴血跡噴濺而出！

她頓時感到一股戰慄：他確實是民間傳說中的行屍走肉一類。只是德皓不是已經作古很久了嗎？難道真的是那什麼續命丹起了作用，讓他變成現在這樣人不像人、鬼不像鬼，披著人皮的殭屍？

「喔？你們認識我？」德皓語調平穩。面對自己人遭射殺，沒有任何哀痛惋惜之意，「這倒是奇了……這世上……居然還有人知曉這名諱！」

吳常身上雖傷痕累累，但大抵無恙。他的出現，消除了潔弟心中所有不安與恐懼，底氣與狗膽馬上都回來了。

她想到玄清派上下當年是如何慘遭血洗、末代掌門又是如何受折磨致死，當下滿腔熱血與憤怒，忍不住對這木乃伊罵道：「原來就是你這個王八蛋和那兩個德什麼的狼狽為奸！」

「哼……自古成者為王，敗者為寇……妳個小娃兒懂什麼！」德皓說到一半，一隻枯手冷不防朝她撲抓而來！

她下意識往後跳開的瞬間，吳常又朝德皓開了一槍。子彈隨著「砰」一聲槍響穿透其掌，但他看起來不痛不癢，一點感覺也沒有。

「殺了他！」德皓指揮著兩個殺手。

潔弟心知吳常已將身上的防彈襯布丟給了自己，如果中彈，他真的會死。正要開口叫他快跑，德皓便像是受到狠踢一般，整個人猛然往後抽去，兩個殺手擊發的子彈全數落在他身上！

潔弟定睛一看，吳常雙手正扯著一根釣魚絲般的東西，從後方絞勒著德皓的頸項。

德皓不慌不忙地抬手朝身後灑去煤灰般的黑色粉末，吳常立即閃身躲避。

他一鬆手的瞬間，德皓轉身以一把鋒利的骨刀朝他胸口劃去，他眼明手快地抽出魔術棒格擋，西裝外套卻被劃開一道橫口。

兩個殺手看準時機朝吳常開槍，潔弟立刻擋在他們面前，想加以阻攔。

豈料，德皓忽地開口：「抓住她！」

她措手不及，瞬間就被其中一個殺手抓了起來，另一個馬上將防彈襯布扯下，丟到一旁野草叢生的田中。

她又氣又懊惱，只能看著兩位術師各出奇招，心裡乾著急：這個陳德皓詭計多端，盡使些妖術，真的太可怕了！

德皓單手立即搖起三叉銅鈴，霎時之間，鈴聲鏗鏗作響，空靈又刺耳，聽得人心裡直發毛。

她頓時心裡又是一個咯噔：這不是三清鈴嗎！木乃伊到底要幹嘛？

「招魂鈴？」吳常奇道，也與她同時認出這是道家的法器。

他一手舉燭，一手搖鈴，在空中不住地比劃，四面八方忽地湧來幾十道黑影，在他們上空來回徘徊！

「四方諸鬼，聽我號令！」德皓指向吳常，「去！」

向來反應敏捷的吳常，這時見狀卻一動也不動，只是愣在原地。潔弟料想眼前的情況肯定又給了他什麼靈感，讓他陷入自己的思緒，才會對外界的變化完全置若罔聞。

無數霧中仙如飛蛾撲火般撲向吳常，卻又被他身上的噬靈符給一一吞噬殆盡，傷不得他分毫。

潔弟初時還暗自為吳常慶幸他戴了噬靈符，但一、兩秒過後，開始感到奇怪：不對啊，德皓就算一開始沒發現，現在見這情況應該也猜到吳常身上也有噬靈符一類的東西，為什麼他還繼續這麼做？這不是徒勞無功嗎？

不料，這個疑問才剛浮現在她腦海裡，德皓便像是會讀心術一般，立即轉過頭，對她不懷好意地說：「我當然知道！」

下一秒，吳常的西裝猛地抖動起來，忽然周遭狂風大作，如風暴來襲！

潔弟此時終於意會過來：德皓就是要符中的惡魄瞬間壯大，以掙脫鎮符，反噬其主！

「快丟掉！」潔弟急忙對仍想著入神的吳常大喊，「吳常，快把符丟掉！」

「嗚呵呵……太遲了！」德皓搖鈴的節奏忽變，開始喃喃念起咒語。

第三十章 歸零

潔弟又急又氣，立刻將口中的糖果朝鬼術師奮力吐去！草莓糖果很爭氣地咻一下打到德皓臉上，因有些黏性，定在臉皮上一、兩秒才緩緩滑落，掉落至其腳邊。

此舉立即惹惱德皓，他轉頭怒視潔弟，眼睛閃動起詭譎的青火：「蚍蜉撼樹，不自量力！我定要擄妳三魂，要妳生生世世為我奴役、聽我差使！」

他那懸掛著的人皮本就毫無表情、鬼氣森森，現在眼神、言語又一副恨不得馬上將她挫骨揚灰的樣子，實在駭人至極！

但她眼下只想著要轉移他的注意力，一時之間竟也不知怕，只是一個勁地開罵：「閉嘴！你這個臭豆腐！人家說響屁不臭，臭屁不響！怎麼你這麼臭，還這麼多廢話啊！」

身旁兩個殺手一聽，似是忍俊不禁，在一旁抿嘴憋笑；互看一眼，像是心中也頗有所感。

向來修煉有成又備受敬畏的德皓，如何能吞得下此等屈辱，立時掌心向下，隔著空氣對她握緊拳頭！

周遭的白霧像是受吸引一般，猛然湧至她面前，她瞬間像是被消音一般，不管吼多大力，都聽不到自己的聲音！

兩旁的殺手也低頭瞥了她一眼，似是也察覺到她的吶喊聲忽地消失的緣故。

德皓瞪著她的眼神盡顯狠毒，握緊雙拳似是在極力壓抑滿腔盛怒，緊繃到全身顫抖，身子骨發出咯咯響聲，用力之猛彷彿骨頭隨時會散架一般。

他怒火中燒又不敢發作，唯恐傷到即將寄生的宿主，咬牙切齒地說：「要不是妳這身皮肉還能為我所用，我定將妳碎屍萬段！」

聽聞如此狠戾之言，兩個殺手立即止住笑意，回復到幾秒前的面無表情。

可惡！潔弟氣急敗壞地跺腳，實在沒想到德皓會來這招，卻對他一點辦法也沒有，只好繼續奮力掙扎，想盡可能靠大動作引起吳常的注意，盼他能趕快回神。

德皓見她如此努力掙扎卻猶如困獸之鬥，絲毫掙脫不得殺手鐵箍般的控制，心中怒氣頓消，立即仰頭開懷大笑，笑聲卻令人不寒而慄。

「嗚呵呵呵……小小娃兒想救心上人？」他朝她射來毒辣的目光，「我就偏要他的命！」

「你他媽的臭豆腐竟然敢挑釁我！」她無聲卻激動地罵道，「你給我過來！你現在就給我過來！看我賞你一記昇龍拳！」

德皓再次搖起三清鈴，口中念念有詞。原本散逸的霧中仙再度現身，一一朝吳常飛撲而去，他的西裝口袋立刻又激烈地抖動起來，風暴再臨，符中惡魄如繭中化蝶，隨時會破囊而出！

風流強勁，潔弟瞇著眼盯著他們，急得如熱鍋上的螞蟻，滿腦子如渦輪般飛速運轉：我到底要怎麼樣才能救他？快想啊！

忽地心生一計，當即腦子一熱，奮力扭動，從殺手鐵腕中抽回一隻手，將背心口袋中的噬靈符朝吳常猛力扔去！

吳常終於在此刻回神，眼睛突然從失神變成聚焦在空中的那道拋物線，注意到潔弟朝他扔去的符袋，立即眼尖手疾地身體前傾、伸手一撈，將符抓個正著，握在手心。

同時，他也意識到裝符的口袋不停晃動以及她舉動的涵義，另一手馬上將口袋中的符朝德皓一扔。

說時遲那時快，黑符在空中霎時爆裂，釋出一團墨般黑氣，馬上在霧中擴張，已具人形輪廓的龐大惡魄破繭而出！

吳常與殺手們兩邊見狀都立即朝後彈跳開來，德皓也不閃躲，只是扼腕地嘖一聲，口裡含糊不清地念起咒，迅捷如電地自懷中拿出一只葫蘆，拔塞就將瓶口往惡魄一送。

那褐紅葫蘆紋理似玉又像大理石，大小僅比巴掌大些，威力卻不可小覷。只見那惡魄渾身激烈扭動，朝上空撲抓似地使勁掙扎，下身卻仍被猛然吸入葫蘆之中！

潔弟正衝著吳常笑，慶幸他逃過一劫的瞬間，他的雙眼瞳色突然轉成藍紫色，反而又將她剛才丟給他的噬靈符朝自己擲來：「潔弟！」

她從來沒見過他露出這麼驚恐的表情，知道情況迫在眉睫、她身處那區時空即將歸零，當即往前大跨一步，伸手欲接。

萬萬沒想到，兩人之間、正猛力擺動掙扎的惡魄竟像是實體一般，手臂一甩就將符給打了回去，又讓吳常接個正著！

沒時間了！

潔弟忽地福至心靈，雙手手指互扣成印，手背上的雪白刺青立即結成似圓形迷宮般的抽象符號，腳向後退去，趕在時空歸零之前，在眾人驚愕的目光中，踏入陰間！

第二冊全文完

▼欲知潔弟、吳常、楊志剛相遇故事請見前傳《金沙渡假村謀殺案》。

▼▼欲知老師父葉德卿與潔弟奶奶許忘憂的故事，請見外傳《佛殺》。

▼▼▼更多熱門故事與最新消息請關注唯一官方Facebook：https://www.facebook.com/flothedixit/

釀冒險80　PG3054

老梅謠　卷二：凶宅探祕

作　　者　芙　蘿
責任編輯　陳彥儒
圖文排版　許絜瑀
封面設計　王嵩賀

出版策劃　釀出版
製作發行　秀威資訊科技股份有限公司
114 台北市內湖區瑞光路76巷65號1樓
電話：+886-2-2796-3638　傳真：+886-2-2796-1377
服務信箱：service@showwe.com.tw
http://www.showwe.com.tw
郵政劃撥　19563868　戶名：秀威資訊科技股份有限公司
展售門市　國家書店【松江門市】
104 台北市中山區松江路209號1樓
電話：+886-2-2518-0207　傳真：+886-2-2518-0778
網路訂購　秀威網路書店：http://store.showwe.tw
國家網路書店：http://www.govbooks.com.tw
法律顧問　毛國樑　律師
總 經 銷　聯合發行股份有限公司
231新北市新店區寶橋路235巷6弄6號4F
電話：+886-2-2917-8022　傳真：+886-2-2915-6275

出版日期　2024年7月　BOD一版
定　　價　300元

讀者回函卡

Printed in Taiwan

國家圖書館出版品預行編目

老梅謠. 卷二, 凶宅探祕/芙蘿著. -- 一版. --
臺北市 : 釀出版, 2024.07
面 ;　公分. -- (釀冒險 ; 80)
BOD版
ISBN 978-986-445-972-8(平裝)

863.57　113009469